桟 比呂子著

劇作家 伊馬春部

Ima Harube

やさしい昭和の時間

海鳥社

本扉写真＝舞台「虹の断片―― 最上川の茂吉」
脚本のため最上川を取材に訪れた伊
馬春部

やさしい昭和の時間◉目　次

少年時代……7
鞍手中学校……22
折口信夫と「鳥船」……31
応召から引き揚げ……54
伊馬春部の誕生……62
折口信夫の死と羽咋……71
ムーラン・ルージュ……80
戦後のムーラン・ルージュ……104
荻窪——井伏鱒二と太宰治……110
太宰の死……129

ラジオ放送劇 144
こだわりの品々 166
旅ものがたり 181
校　歌 198
終　章 216
伊馬春部年譜 225
引用・参考文献 241
あとがき 246

少年時代

甲比丹も鸚鵡とともに泊りけむ木屋瀬の宿ふるさとにこそ　春部

　五月の遠賀川は四季を通して最も輝き、川も岸もむせかえるような新緑の芳香に包まれる。遠賀川は福岡県嘉穂郡嘉穂町の馬見山を源にして四十四の支流が集まり、最後の支流となる犬鳴《いぬなき》川が直方《のうがた》市植木で合流し、全長六〇・七キロの大河となって玄界灘へ注ぐ。合流地点の植木と対岸の木屋瀬《こやのせ》には大公孫樹が大きく枝を広げ、広い川面に涼しげな影を落としている。明治四十一（一九〇八）年五月三十日、高崎英雄（伊馬春部）は父・哲郎、母・ハルの長男として、長崎街道旧宿場町である木屋瀬の地で呱呱の声を上げた。

　ふるさとのシンボルである大公孫樹は、かつて遠賀川を上り下りする五平太舟《ごへいたぶね》の船頭が、船場の目印に植えたもので、今も川筋のそこここに大樹となって残っている。ふるさとの大地に豊穣の恵みを与えて滔滔と流れる遠賀川、その川沿いに住む人々にいつしか気風が育まれ、〈義理に厚く人情にゃもろい〉川筋気質が生まれた。川筋に生を受けた伊馬は、頂が天を指す秀峰・福智山の姿に自分の高い理想を重ねていた。山と川が四季折々に見せる豊かな自然のドラマは、伊馬の詩情を育んでいった。

長崎街道は小倉と長崎を結ぶ全行程五十七里（二二八キロ）二十五宿。徳川時代に参勤交代が義務づけられると、九州各藩主が江戸へ上るため、五街道（東海道・中仙道・日光街道・奥州街道・甲州街道）に次ぐ脇街道としてつくられた道である。東から黒崎・木屋瀬・飯塚《いいづか》・内野《うちの》・山家《やまえ》・原田《はるだ》の六つの宿を「筑前六宿《ちくぜんむしゅく》」といい、福岡藩ではその道を「東往還」と呼んだ。鎖国時代の長崎は外国との唯一の玄関口であり、江戸へ向かう知識や文化の行き交う道として、長崎街道は重要な役割を果たしていた。

もゆる陽炎　あの供揃え　どこの殿やら　遠賀土手
（木屋瀬音頭）

旧木屋瀬宿はいまも往時の面影をとどめ、東構口から西構口までおよそ九〇〇メートル、町並みは中央の道が直角に曲がり、横丁は袋小路で、「矢止め」と呼ばれるのこぎりの歯並みのようなつくりになっている。かつての本陣・脇本陣・代官所・関番所などは、須賀神社に奉納された「板絵著色木屋瀬宿図絵馬」に描かれている。宿場筋には、年貢米を輸送する川艜を管理する船庄屋跡（梅本家）や材木商や酒屋など、往時の宿場町を彷彿とさせる建物が残っている。旅籠《はたご》も十四・五軒あったという。西構口には関所の石積みが遺り、

遠賀川と大公孫樹

「従是右赤間道、左飯塚道」と刻まれた追分の石柱が建つ。裏面には「元文三年建」（一七三八）の文字。直進すれば飯塚へ、土手下の渡し場から遠賀川を舟で渡れば赤間を抜ける唐津街道（西往還）であり、里程標には「福岡十三里三十四町二十五間、直方一里三町十五間」とある。長崎街道と唐津街道の追分宿木屋瀬は、上り下りの川舟の船着場でもあり、旅人の往来も活発で賑わっていた。

筑前木屋の瀬　追分宿場　出口入り口
構え口
（木屋瀬音頭）

伊馬春部の生家・高崎家は、西構口にほど近い宿場のなかにあり、昔日の姿を留めている。屋号は柏屋匡《カネタマ》で、梁の墨書銘には天保六（一八三五）年四月着工、翌年三月に家移りすると記されている。通り庭のある白漆喰の塗篭造《ぬりごめづくり》で、明かりとりの吹き抜け、入隅《いりずみ》出隅《でずみ》で回転する雨戸、道路に面した摺り上げ戸など、宿場建築として貴重なもので、平成六（一九九四）年三月に北九州市有形文化財（建造物）に指定された。

高﨑家の先祖は元禄十一（一六九八）年に没した新四郎の柏屋〆《カネシメ》初代まで逆のぼることができる。寛政九（一七九七）年十二月の「御国中櫨実蠟御仕組記録」に、板場持から選ぶ若松口年番六人のなかに、五代目柏屋〆勘十郎の名前が出ている。板場とは、栽培農民から買い上げた櫨《はぜ》の実を絞って油を採る作業場のことである。享保の大飢饉によって疲弊した村を救済するため、福岡藩は荒地でも育つ櫨の栽培を奨励した。その後行灯《あんどん》の普及で蠟燭の生産増大や鬢付け油など需要は大幅に伸びて、板場は財を成す。大阪に集まる櫨蠟の十分の八を筑前蠟が占めるほどになっていった。寛政八年、財政収入の不足に悩んでいた福岡藩は、博多・甘木・植木に藩営専売所を設けて販売を独占し、支配を強めて利益を吸い上げようと図る。板場と藩との確執は根深く繰り返され、店の存続も左右しかねない状態だった。

柏屋〆七代目四郎八は植木阿部家の出で、六代目義寿（新三郎）の嗣子となった。船庄屋の子孫・梅本茂喜の研究メモによると「高﨑義寿（六代目）は、通称新三郎。一八一六（文化十三）年、三十七歳の若さで没す。四郎八は、その危急を救うため急遽高﨑家の嗣子となったものと思われる」とある。一軒だけでは危ないと考えた四郎八は、店を守るためその子新三郎に家督を譲り、天保七年に分家。それが現存する伊馬の生家高崎家である。その翌年に再び藩は蠟の専売制を実施し、板場を苦境に陥れた。柏屋匡は嘉永四（一八五一）年のころは板場を持っていたようで、そのころ鞍手郡には三十九カ所の板場があったという。明治六（一八七三）年には醬油醸造業を営んでいるが、その後、薬品取り次ぎをしていたらしく「遠田秘法脚気薬」と書いた看板が残されている。

伊馬生家「旧高崎家住宅」（木屋瀬）は宿場建築として北九州市有形文化財となっている

伊馬は、分家柏屋匡の五代目に生まれたことを誇りに思い、先祖の四郎八に限りない親しみを抱いていた。東京都杉並区和田掘にある高崎家の墓所の中央に、自然石に刻まれた四郎八の墓碑が置かれている。墓碑銘を書いたのは、幕末国事に奔走し、維新後は教育に従事して木屋瀬で没した月形順《つきがたじゅん》によるものである。墓碑銘に記された四郎八の人柄は「大事なお客が見えて接待されるにあたって、激しい言葉を出されたことは一度もなかった。自分で我儘を抑制された。仕事をするによく行き届き綿密であった」とあり、温和な伊馬とどこか重なるようである。

『筑紫道記』には、連歌師・宗祇が文明十二（一四八〇）年、「こやの關といふ所にして草の枕を」結んだとある。また万治二（一六五九）年からは毎年、オランダ商館館長（甲《カ》比《ピ》丹《タン》）が江戸へ参府。享保十四（一七二九）年、将軍に献上される象がベトナムから初来日し、長崎街道をズッシズッシと歩いて木屋瀬で一泊。石炭を焚いて暖をとったという。文化九（一八一二）年には伊能忠敬が黒崎―木屋瀬間の測量のために宿泊し、文政九（一八二六）年、シーボルトが江戸の往復に宿泊。また昭和六年十月二十五日付の「福岡日日新聞」によると、文化十三年二月に父・春水を喪った頼山陽《らいさんよう》は、文政元年二月十九日、広島で三回忌を営むと、西遊の旅に出た。大里駅から小倉に入り、黒崎から木屋瀬に入り柏屋刈七代目の高崎四郎八の家に泊まる。医師原田三省等に歓待されて同家に「騎鶴」の二文字を書き遺し、四郎八へは屏風の詩書を書き送った、とある。また、幕末に高杉晋作が高崎家匡の床下に隠れていた、という話も伝えられている。

「木屋瀬は本来、交通の要衝であった。大名行列の落したもの、西洋学者のもたらしたもの、西洋文物の影響、そんなものを含めた文化なのです。江戸と長崎を結ぶ文明ルート、その宿場でありし町に文化のないわけなし。宿場踊りもその一つです」と伊馬は手紙にしたためており、「木屋瀬音頭」を作詞するなど再興を強く願っていた。

街道筋の人たちは新しい文化を江戸より先に目や耳にして、時代の風を肌に感じて育っ

高崎家・阿部家（後列右から２人目・高崎哲郎，後列中央・阿部王樹〈基吉〉，中列右から２人目・伊馬春部〈高崎英雄〉，中列右から３人目・高崎勘八郎，前列左端・高崎ハル）

た。長崎街道を〝日本のシルクロード〟と呼ぶ人もいるほどで、そんな敏感でハイカラ好みの血が、伊馬のなかにも脈々と受け継がれていたのだ。

明治二十三（一八九〇）年十月、日本全国で猛威をふるったコレラのため、匡三代目勘十郎は母と妻と長男（伊馬の父の兄）の三人を同時に亡くし、六人の子どもが残された。上の娘三人は嫁に行き、三男の鋭郎は博多の石田家へ養子に行き庄平と改める。のちの博多なぞなぞの面白斎《おもしろさい》利久《りきゅう》である。四男顕策も養子に行くが二十三歳で亡くなった。女手を一時に失った高崎家は、柏屋匡四代目を継いだ次男の哲郎の嫁取りを急いだ。それが植木の阿部東岡堂薬局から嫁いだ阿部ハルで、伊馬の母である。

「私が物ごころついた頃は、ただの薬と

煙草を商ふだけの店屋、それも祖父（勘十郎）や私と弟の手で足りるくらいの商ひ、父はもつぱら毎日あちこち出張しての稼業――それも今から思へば変哲もない生命保険の外勤ですが、幼い私にはそれがめつぽう偉く見えたから不思議です」（阿部王樹『水門の芥』）

伊馬の記憶には「（父は）いつも固いハイカラーの洋服をきちんと身につけ、明治天皇のような髭をたくわえていた。母ハルはいつも二・三人のお針子と、ほがらかに裁縫をしていた」姿が焼きついている。当時としてはモダンなオルガンや蓄音機があり、後年伊馬はオペラが好きで歌っていたというのも、幼いころ父母と一緒にレコードを聴いていた影響かもしれない。家の裏から土手のところまで数本の柿の木があって、秋にはたわわに実った柿をちぎるのも楽しみの一つだった。小学校から帰るとカバンを置くのももどかしく、弟・勘八郎を連れて渡し舟に乗り、母の実家に遊びに行く。阿部家にとっても初孫で、しかも男の子、祖母・ハナは目のなかに入れても痛くないといった可愛がり方だった。遊びに夢中になってふと気づくと遠賀川は暮れなずみ、川面に土手の大公孫樹が暗い影を落していた。木屋瀬の渡しには父と母が心配そうに立っている。舟から飛び下りると、兄弟は父と母の手を握り歌いながら土手を歩いて帰るのだった。ときには母の作った料理を祖母に持って行き、日吉神社の夏祭りに三申踊《みさるおどり》を見に行くときはうちわをパタパタさせながら、母と一緒の舟旅にはしゃいでいた。遠賀川はふたつの家を結び、楽しい思い出に満ちていた。

大正三年に勃発した第一次世界大戦はいつ終わるともなく長引き、物価の高騰・品不足と庶民の生活を脅かし苦しめてきた。七年に富山で米騒動が起こると津波のように全国に広がり、ついに遠賀川一帯の農民も蜂起。「米よこせ」の声がうねった。その年に戦争は一応終わったものの、九年には戦後恐慌が始まった。長い戦争で疲弊した国民に追い討ちをかけるように、世界的に流行していたスペイン風邪が日本にも上陸し、死者十五万人におよぶ大流行となった。

大正九年二月九日夜半、伊馬の母は流行するスペイン風邪に冒されてあっけなく逝った。三十一歳だった。伊馬は小学五年生で勘八郎はまだ六歳だった。母の突然の死、その通夜の日のことを伊馬はありありと思い出す。母の兄であり、俳人である王樹（基吉）は、幼いころの伊馬にとって絵の上手い伯父さんで、尊敬の的だった。

「伯父さん、おっ母ちゃんの顔、画いておいてつかあさい……」

私は一枚の画用紙と、鉛筆とを、王樹にさし出しました。王樹は無言で母の顔のスケッチをはじめましたが、その輪郭も整わないうち、

「俺には画けん……」

と、いって投げ出し、泣きだしてしまったのです。

母の死——というふ実感が、そのときはじめて私の胸をしめつけたようでした。私

もつられて泣きはじめました。（『水門の芥』）

通夜の席には父をはじめ、たくさんの人がいたはずなのに、鉛筆を投げ捨てた手で目をこすり、男泣きに号泣した伯父の顔しか記憶に残っていない。

二月に母が逝った二カ月後、伊馬は六年生に進級した。父はまわりの薦めでその年の十一月に再婚し、新しい母を迎えた生活がはじまった。

翌年、鞍手中学入試の口頭試問で、「将来、何になるつもりか」と質問されると、「はい、文学者になりたいと思っております」と答えている。

「文学者ねえ……、おうちの人たちはどう思っておられますか」

「はい、なんでもお前の好きな者になればよいと、お父っちゃん言うちょります……」

試験官はびっくりしたような顔で伊馬を見ていた。それでも中学校に無事に合格し、父も喜んでくれた。そのころの父は体調をこわし、床につくことが多くなっていた。病はよくなるどころか日に日に悪くなるようで、大正十年四月十五日の入学式には危篤状態の父に代わり、王樹がついて来てくれた。うれしいはずの式典も父のことが気がかりで、終わると早々に家に飛んで帰った。久留米絣の羽織袴に白い筋の入った中学の帽子をかぶった息子の凛々しい姿を見て、父は満足したようににっこり笑ってうなずいていた。

「中学生になったからには、もう一人前の人間だ。これからはぼやぼやせんで自分の行動に責任を持たねばならん。いいな、わかっとるな」
父はそんな意味の言葉を残し安心したのか、そのまま母の後を追うように逝ってしまった。三十八歳だった。一年二カ月の間に父と母を失った。家には年老いた祖父（三代目勘十郎）と七歳の勘八郎が残された。俳人である王樹はふさぎ込んでいる伊馬の気ばらしにと思ったのか、自宅で開かれている俳句会に誘ってくれた。以前から関心は持っていたのだが、父母のいない寂しさも手伝って、句会に出てみようと心が動いた。その日のお題は「春めく」と「春の色」で、五七五と指を折って俳句を作ってみた。

梅の花一雨ごとに春めきぬ
ゆつたりとながるゝ川や春の色　　　愁星

俳号の「愁星」は自分で考えた。どこか物悲しく心が潤んでいるような俳号である。勇気を出してはじめて作った二句の、「ゆつたりと――」の方は、王樹に大変ほめられた。中学生の伊馬は急に大人として扱われたような気がして身ぶるいするほどうれしく、文学者に憧れていた夢を、はげしく揺すぶられた。それから句会に出るのが楽しくなり、作句に熱中して、いつも頭のなかから季題がはなれなくなった。どこかで寂しさから逃れようと、作句に関心を向けるようにしていたのかもしれない。継母は、父が逝った五カ月後に女児を出産し、哲郎の哲をとって哲子と名づける。若い継母は体調を崩して乳の出が悪く、近くの家でもらい乳をしながら哲子を育てていた。

翌年九月、祖父が亡くなった。さらに、可愛がってくれた植木の祖母もこの年に亡くなっている。伊馬はこの時期、毎年肉親を見送ったのだ。長男という重責を幼い両肩に背負い、涙を見せまいと、寂しさも悲しみも胸の奥深く沈めて耐えていた。

中学三年の夏休み、伊馬は王樹の家に引きとられることになった。机・本箱・オルガンなどを荷車に積んで、木屋瀬から植木まで架けられた中島橋を渡り、土手から裏の水路を渡って家に入った。王樹は「今までどこかに行っていた子どもが帰って来たと思って育ててやれ」と伯母に言い、何事もなかったかのように一緒に暮らし始めた。伯父夫妻には大正元年生まれの辰枝を頭に、稔子・保子・和世・佳子と女の子が続いていたので、伊馬を「長男ができた」とたいそう可愛がってくれた。

しかし伊馬は、時折寂しい姿を見せることがあった。夜こっそり土手に上がり、大公孫樹の下で対岸の木屋瀬の方を見ながら「荒城の月」を歌い、涙を流していることがあったという。乳瘤の垂れた大公孫樹の樹齢は千年ともいわれ、四方に張った枝の下には天明八(一七八八)年に建立した庚申塔や蛭子社が祀られていた。遠賀川には花の木堰が作られ、満々と水を張った川面に映る月の姿も泣いていた。

阿部家の裏庭に沿って、犬鳴川から大公孫樹の下を通って水路が引かれ、鞍手・遠賀十四カ村の灌漑用に使われていた。川幅四間川底三間の流れには、家ごとに橋が架けられ、早朝には飲み水を汲み、顔を洗う。子どもたちにとっては泳ぎ場であり、魚釣りもでき、ニナやシジミもどっさり獲れた。夏には蛍も飛ぶ。大公孫樹の木陰ではゴザを敷いて昼寝をするのが日課だった。川の恵みをたっぷりいただいたこの家を、王樹は「水門楼」と名づけていた。大学の夏休みに帰省すると伊馬は、「まず、伯父の裏の川の流れの早いのにつかった事はもちろんである」。また朝起きると「川で顔を洗った」と日記に記している。

王樹は九州でも名のある俳人で、河東碧梧桐《かわひがしへきごとう》に師事し、のちに碧梧桐の義弟・青木月斗《あおきげつと》の門に入り、北部九州を束ねていた。王樹の家では、句会に集まる人たちはもちろんだが、家族から薬局で働く人たちまで俳句三昧の毎日を送っているように感じた。王樹は俳句だけでなく俳画の名手でもあり、郷土史や文学にも関心が深く、多岐にわたる蔵書が家のあちこちに置いてあった。伊馬は両親のいない寂しさを忘れるほど、王樹の家には好奇心を満たす魅力が溢れていた。

王樹の三女・中村保子は八歳上の伊馬を「英《ひで》ちゃん兄ちゃん」と呼んで、親しんでいた。「数学は好きなさらんで、丁。英語と国語は百二十点くらい、よく勉強しよんなさった。私とか妹の英語の宿題がでると、兄ちゃんこれ訳しとってと頼むと、ササッと訳してくれた」と話す。英語と国語は抜群の成績だったという。

兄より少し遅れて、勘八郎も伯父の家に身を寄せた。勘八郎は王樹に似て幼いころから絵が上手く、将来は画家になりたいという。やんちゃだが成績は抜群で神童と呼ばれていた。のちに広告界のアドマンとして活躍し、また川柳でも名を成す。戦後、勘八郎は後継者のいない本家刃の養子となり、十二代目を継いだ。

ところで伊馬の描く文学者像とは、一体どの分野なのか。のちに劇作家となる芽生えはいつのころからか。伊馬は大学の口頭試問ではっきりと、「劇作家になる」と答えている。伊馬の一番古い記憶をたぐると、小学校の三年か四年のとき、教科書の国語読本のなかの文章を対話風に書き直して担任の先生に見せたことがあった。今でいう脚色である。また、小学校のころを考えると、忘れられない同級生がいた。教室に張り出されている伊馬の綴り方を読んでは、「あんた、うまいばい。感心するばい」「あんた、うまいこと書いちょるなあ……」と、合谷喜太郎はいつもほめてくれるのだ。

「私がこんにち作家としての道を歩いているのは、小学校のときの喜太郎くんのこの激励があったればこそと、かんがえることがある」と「更けゆく秋の夜」に書いている。喜太郎はその後もずっと旧正月に、伊馬の好きな餅を送ってきては激励してくれた。

また伊馬には、芝居という言葉を聞くだけで、反射的に描くイメージがあった。「どういうわけか自分でも不思議でならないのですが、私は子供のころから芝居が好きでならなかったようです」（「この道たゞ一すじに」）。当時の芝居とは、いわゆる旅役者によって演じられる、涙あり恋ありの義理人情の世界を描く時代物である。伯母に連れられてよく行った北九州の芝居小屋で、一幕すむと必ずかぶりつきにかけつけ、幕をめくって舞台をのぞき見した。たった今殺された女性が立ち上がり、犯人の男と笑って話しながら、楽屋の方へ歩いて行く。「そのときのなんともいえないショックたらありませんでした」。緞帳《どんちょう》一枚向こうに現出した摩訶不思議な世界、何でもありの異次元の空間、そして見る人に夢を与える芝居というもののおもしろさを知った原点だったかもしれないという。

「私にはふたつのふるさとがある」と伊馬は言う。遠賀川に架かる中島橋の西岸が直方市植木で中学時代を過ごした伯父の家、東岸は北九州市八幡西区木屋瀬の生家で、伊馬のいう二つのふるさとは川をはさんで向かい合い、もとは同じ鞍手郡のなかにあった。

「新幹線で帰郷するさいは、小倉で降りずに、いつも博多まで乗るんですよ。そうすると遠賀川を渡るでしょう。スピードがちょうど時速百五十キロくらいに落ちてましてね。鉄橋の上から伯父の句碑のあるイチョウの木、生家の屋根、福智山と尺岳が眼前に広がって……」(「読売新聞」昭和五十一年一月十九日)。伊馬は年に数回は時間を見つけてふるさとへ帰っていた。都会で疲れた身体は生まれ育った自然や友を求め、一新して戻っていくのだ。

「思えば十代ということ、一個人の人生を考える上でもこれほど貴重な一時期はあるまいという気がする」(「十代の顔」)

鞍手中学校

「伊馬さんは色の白い、黒ぶちの眼鏡をかけたおとなしい美少年だった」（渡辺幸広）
「白哲の美少年。人なつっこさとあたたかい人柄は変わらない」（帆足久喜）
「ふる里をこよなく愛し、級友にはこの上もなく親切であった」（長谷川徳重）
と、中学時代の伊馬の印象を話すのは、鞍手中学校の同級生たちである（「四鞍会誌」八号）。

伊馬は大正十年四月から十五年までの五年間、福岡県立鞍手中学校（現・鞍手高等学校）へ通う。生徒の通学手段は、列車・軽便鉄道・渡し舟・そして徒歩がある。一年から三年の夏休みまでは木屋瀬から、それから卒業までは植木の伯父の家から歩いて通った。

大正三年に第一次世界大戦が勃発し、筑豊は石炭を掘っても掘っても飛ぶように売れて追いつかず、直方の町は軍需景気にわいていた。炭鉱景気で人口も増加し、大正七年に地元の長年の夢であった県立中学校が創立され、四月に初の新入生百五十人が入学した。といっても、地層が軟岩層のため工事は難航して開校に間に合わず、市内の小学校に分散して教室を借りてのスタートだった。ようやく校舎が完成したのは大正十年で、伊馬たち第四回生の入学式は二代目校長を迎え、本校舎で行なわれた初めての入学式となった。「質実剛健」が創学の校訓である。地元のよろこびは大変なもので、家ごとに国旗を掲げ、花火が打ち上げられ、餅まきや相撲大会、筑前琵琶の演奏会など終日お祭りさわぎが続いた。

　しかし、造成したばかりの校庭は赤土がむき出しのままで、雨が降るとズボンも服も泥んこになった。校長は学校の環境整備に力を入れた。校門の前から坂を下った国鉄（現・ＪＲ）の踏切まで五〇〇メートルにわたって、プラタナスを二一メートル間隔に植え、「すずかけ通り」と名づけた。

鞍手中学時代の伊馬春部

　「毎日、町に降りて荷馬車の馬糞を拾って来ては、プラタナスの苗木の根元に置いて水をかけ、育てた」（松藤利基『鞍陵讃歌　鞍中鞍高物語』）と四回生の西村富士夫。肥料と水やりは新入生の仕事で、伊馬も「ぼくらのころは稚木を守るのがやっとだった」（「校歌の周辺」）と振り返る。プラタナスも木陰をつくるほどに育ち、学校の象徴になった。その葉のデザインが校章にもなっている。
校長はなまず髭を生やしていたので「ヒゲの校長」と綽名をつけていた。のちに伊馬はヒゲの校長の思い出をユーモア小説「映画ファンの校長先生」や、エッセイに懐かしく書いており、ユニークな校長を敬愛していたことが伝わってくる。

大体があの偉大なるナマズ髯からして妙である。五分刈り丸顔の童顔――齢すでに六十に近からんも十五六歳にしか見えぬところの――には不釣りあいなほど威厳ある八字型、そしてその先端は、常にチックで以ってピンと尖がらされ、折々は絹糸でキリキリと丁寧に巻かれていることさえある。校長は実に綿密なる手入れを怠らないらしく、講義中でさえ癖のようにひねり上げるのである。

入学式の後、父を亡くした伊馬だったが、「中学生になったからには、もう一人前の人間だ。自分の行動に責任を持たねばならん」という最期の言葉を胸に勉学に励んだ。口頭試問で文学者になりたいと答えた伊馬は、まず中学一年のとき書いた作文が「福岡日日新聞」(現・西日本新聞)に掲載されて全校生の注目を集める。また、運動会の後には種目と成績順を取材したニュースを配ったり、二年生になると級友たちと文集「牧笛」を作るなど、旺盛な活動を展開。同級生の大和勝は「数人の同好者が集まって、ガリバンの創作文集『牧笛』を出していた。その中に高崎君の文はピカ一の存在であった。その頃から私は内心高崎君の文才に感服し、小柄だが、快活で、しかも勉強家の高崎君の人柄に敬意を抱いていた」(「四鞍会誌」八号)という。

とくに国語と英語はずば抜けた成績だった、と級友・田代杢次。「自分の名前を英訳し〝ヒアロー・ハイケープだ〟といったり、通学途中に即興の句を詠んで皆を笑わせたり、いま思えばユーモア作家の素地がもうあったんですねえ」(「読売新聞」昭和五十一年一月十九日)

英語と言えば大和勝のこんな話もある。「三年生の時、高崎君と田代君と永富君の三人が、英習字にこっていた。見事な英字の装飾文字で書いた栞をもらった。四年から五年にかけての、彼の英語勉強の猛烈さであった。特に英語の発音符号について高崎君は時世の先端を行く研究をしていた。ウエブスター式でなく〈万国発音符号〉フォネティックサインを唯一人、実地に取り入れていたのには全くたまげてしまった」(「四鞍会誌」八号)。確かに伊馬は英語が得意らしく、文章にもセリフにも横文字をよく使っている。

一方運動面では、意外にも弓道部に籍を置き練習に励んでいる。入学の翌年に発足した弓道部の部室は裏山の石炭層のがけ下にあり、射場は板張りの三人立ちでトタン葺きの質素なものだった。弓道は大学予科まで続き、卒業後も荻窪の弓道場へ通っていたという。文学少年でひ弱な印象からは弓をキリリと絞って立つ姿は想像できないが、そういえば上野一雄の「日本文士列伝」に「伊馬春部という作家、天衣無縫のように見えながら、シンの強い古武士の面影を宿している人である」と書かれていたのを思い出した。古武士であれば弓道もうなずける。

しかし、というか、やはりというか、鉄棒は大の苦手だったらしく、母校に来て運動場の鉄棒を見たとき、足かけ尻上がりもできなかった当時の姿を思い出して、情けなくなったという。

少年時代の伊馬を見ていると、ふっと暗い影がさす瞬間があってもおかしくはないと思う。父母、祖父母を毎年のように見送り、少年にとって死は身近なもので、むしろ懐かしい人たちの住む世界であったに違いない。人一倍感受性のつよい文学少年だからこそ、なおさらであった。

「(中学) 四年生の頃だったが私が死を決意したことがあって、その気配が作文の上にも現われたかして、大江敲月先生と松尾勝先生とが心配して、私を訪ねてきて下さったことがあったのである。そして、自殺というものが如何に罪悪であるかということを、お二人でこんこんとさとして下さったのである」(「忘れえぬ恩師たち」)。具体的なことは今となっては定かではないが、「思えばわが十代は、謂わばダークエージであった」(「十代の顔」)と伊馬は述懐している。

五年生になるとすぐに修学旅行がある。行き先は京阪神と決まっていた。伊馬を中心に

五年生達は、

「京阪神なんちつまらん。卒業するとどうせ行くにきまっちょる」

「鴨緑江ば見たかなあ」

と朝鮮旅行を強烈にアピールして、初めての海外旅行が決まった。総勢八十人余、北朝鮮の平壌へ出発したのは、大正十四年五月十二日。海外旅行の先鞭をつけたのは伊馬たち第四回生であった。しかし、それも昭和六年の第八回生まで続いたのだが廃止になり、以後は九州一周旅行に戻ってしまった。


しかし、楽しい学校生活にも戦争の影が及ばないはずはなく、学校軍事教練を強化するために、陸軍現役将校が配属されて体操科目の兵式教練を担当するなど、軍部の学校教育統制は徹底されていく。日ごとに少年たちは軍国少年へと意識改革させられ、町で上級生に会うと軍隊式の挙手でのあいさつが義務となった。まじめで快活で正義感の強い文学少年も、お国のために何かしたいと強く考えるようになった。ちょうどそのころ、在伊十余年のムッソリーニ親衛隊員だった下位《しもい》春吉《はるきち》の帰国報告演説会が直方公会堂であった。その下位の熱弁を聴いた伊馬は大いに興奮して、すぐさま五年生有志七名と「興國青年党鞍手中学支部」を結成した。党員章の裏面には「興國乎死乎（興国か死か）」の文字があり、少年たちは祖国を護るべく決意を新たにして立ち上がったのだ。

大正十四年十一月十三日から五年生有志八十三名は、小倉歩兵第十四連隊で三泊四日の兵営宿泊訓練を受けることになった。小倉北方《きたがた》の足立山のふもとで遭遇戦の演習や、実弾射撃場で実弾での訓練もあり、決戦に備えての準備だった。しかし少年たちはまだ幼く、暁の出発のため近くの友人宅に泊まったことや、早朝演習の寒かったこと、同級生みんなで寝食を共にした楽しかった思い出しか残っていない。

たとえダークエイジの十代でも、初恋は暗い青春を彩ってくれる。「英ちゃん兄ちゃんは、隣のうめ子しゃんを好いとんなったと」と話すのは、王樹の三女・保子。毎朝、伊馬は表の掃除をしてから学校へ行くのだが、うめ子も同じ時間に表を掃いて、ひそやかに二人は顔を合わせていたという。デートの場所は土手の大公孫樹の下で、伊馬の吹くハーモニカの音が、遠賀川の川面に乗ってゆらゆら流れていくのをふたりはいつまでも眺めるのだった。

ほのぼのと語りつづくるうれしさよ大きな銀杏は実をもちにけり　英雄

初恋といえば昭和三十二年、NHK北九州テレビの開局記念番組「私の秘密」に伊馬はゲスト出演した。そのなかに〝ご対面〟のコーナーがあり、局のプロデューサーは初恋の女性を探しあて、対面させる計画だった。ところが、伊馬はどうしてもイヤだと言い張った。

番組に同行していた友人・戸板康二は、「伊馬さんが女性が出るのだったら私は絶対に

有志７人と結成した「興國青年党鞍手中学支部」（左から２人目・伊馬春部）

出演しないと、釘をさしておいたため、結局かつての戦友があらわれる結果になった。どうして女性ではいけないのかと――私は納得がゆかなかった」（戸板康二『あの人この人　昭和人物誌』）と首をかしげる。

大正十五年三月、伊馬は鞍手中学校を卒業し國學院大学予科へ進学した。大正末期から昭和に入ると炭鉱景気は一変し、金融恐慌が起こった。炭鉱はつぎつぎに閉山に追い込まれ、労働者の生活をかけた闘争が雪崩のように広がって、騒然とした不安をかき立てていた。昭和二年から、中学の兵式教練も体操科から独立した教科となり、軍部の学校教育統制がいっそう強まっていった。

炭鉱の閉山により同級生は八方に飛び立って行ったが、固い絆で結ばれていた。

社会の大きなうねりのなかで、多感な少年期をともに過ごした仲間たち。ふるさとを共有し、打算のない「友情」というひとつの価値観で結ばれた友人たちの存在こそが、伊馬春部にとってのふるさとだった。それぞれがしかるべき地位についていても、会うと「おい」「お前」と肩を抱き合い学生時代に戻ってしまう。昭和二十九年、第四回の入学から「四」と鞍手中学校の「鞍」を取って「四鞍会《しあんかい》」と伊馬が命名した同窓会が発足。十二月に「四鞍会誌」第一号を創刊。しかし、五十九年の八号は伊馬の追悼号になった。伊馬も七号まで欠かさず「高崎英雄」の本名で近況報告をかねて寄稿し、同窓会には必ず駆けつけて旧交を温めた。

折口信夫と「鳥船」

「もし『鳥船』というものが存在していなかったら……」

伊馬は考えるだけでもぞっとするという。短歌結社「鳥船」は、大正十四年一月に國學院予科の中村浩・藤井貞文らによって、釈迢空《しやくちようくう》（折口信夫《おりくちしのぶ》）の指導を仰ぐ予科生対象のサークルとして結成。その年の四月、藤井春洋《はるみ》らが入学とともに入会。

このころの伊馬は中学卒業をひかえ、もっと学びたいという向学の思いが日に日につのっていた。ところが、国語と英語は自信があるのだが、数学は大の苦手で、そのことが伊馬の悩みの種だった。どこの大学へ行こうかと悩んでいたとき、「歴史の教師が國學院出身で、その先生にすすめられたこともあって國學院予科を受験。実を言うと試験科目に苦手な数学が無かったこと、そして予科二年で中等教育の英語の免状がもらえる」（「この道たゞ一すじに」）ことが魅力で進路を決めたという。

決めてはみたものの、父母亡き後兄弟を引き取って育ててくれた伯父夫妻には、十四歳の長女を頭に五女一男の子どもがいる。さらに七人目をお腹に宿し、台所は火の車なのに近所の子の面倒まで見ている伯母の苦労を知っているだけに、なかなか「進学させてほしい」とは言い出せず悩んでいた。それでも進学の夢は断ちがたく、悶々とした日を過ごしていた。

願書の締め切りも迫っている。切羽詰まった伊馬はある日、勇を鼓して王樹夫妻の前に座り手をついた。一瞬何事かと驚いた表情の伯父に、伊馬は進学したい思いを必死に訴えた。涙が流れて止まらなかった。それは何日もつづいた。はじめは反対していた伯父もその熱意に動かされ、「予科だけなら」と許してくれた。伊馬は強い決意を抱いて卒業と同時に上京した。東京駅には早稲田大学へ通う六歳上の従兄・花村重久が迎えに来て、巣鴨宮仲の下宿まで案内してくれた。重久は学校の下見にも連れて行ってくれたが、初めて目にした学校は「味もそっけもないコンクリの二階建」が横たわっていて、なぜか製菓工場みたいだ、というのが第一印象だった（「國學院大學父兄会会報」昭和五十六年二月十日）。試験を受け、あとは合格の通知を待つばかりだった。

予科入試のとき口頭試問で「将来の希望は？」と聞かれ、

「はい、文学者に、と思っています」

「すると、理想は夏目漱石というわけですか？」

「いいえ、漱石は演劇とは無縁と思いますので、理想像というほどではありません。私は劇作家になりたいと思っています」
と明快に答えてはいるものの、まだ目標は定まっていなかった。

國學院予科に無事合格し、渋谷までの通学がはじまった。新学期早々から柔道部や剣道部など各サークルの部員勧誘が盛んで、先輩たちの新入生獲得の活動が活発に行われていた。そんななか、短歌結社「鳥船」の一団が募集のため教室にやってきた。

「本学教授であり『日光』同人の、釈迢空・折口信夫先生の指導を受ける短歌会である」と、上級生が演説をしていた。迢空の名前を耳にしたとき、体が惹きつけられるように呼応し、記憶がよみがえってきた。伊馬は迷うことなく、壁に貼られた申込書に名前を書いた。

それは中学五年のときだった。中学副読本に現代歌人の作品集が編集されており、伯父の影響で俳句や短歌に興味を抱き作句もしていた伊馬は、そのなかの一首に心を奪われてしまった。

青々と　山の梢の末だ昏れず。遠きこだまは、岩た丶くらし　　釈迢空

〝釈迢空〟という、その「異様な感覚的な名」（『鳥船』その軌跡」）とともに強く印象に残った短歌だった。わずか三十一文字の無限の可能性と表現力に魅了されて、それ以来短

歌に惹きつけられてしまったのだ。多感な文学少年と終生の師となる折口信夫との出会いだった。

國學院に入学した伊馬にとっての幸運は、折口信夫との出会いと、藤井春洋（のちに折口の養嗣子）ら「鳥船」の会員と親しく交わることができたことだろう。國學院に入学したとしても、もし「鳥船」というものが存在していなかったら……、折口信夫と二十八年も近しい関係が続き、臨終の枕辺に立ち合える親しさが生まれただろうか。何より、伊馬の人間としての根幹に及ぼした影響は大きく、後年の劇作家としての活躍も変わっていたかもしれない。

大正十五年四月二十九日の四時半からの鳥船歌会に初出席した。「折口先生（釈迢空）は、よくまじめに親切に批評をされるが、どうも学部の人のは傍若無人だ。まるでなつてゐないやうに思ふ。自分の歌なんかさんざんにくさされた」（「短歌研究」昭和三十八年八月号）。ところが伊馬の「柊のとげにそと触りみる」という下の句に対し、「柊のとげの尖りたるかも」と折口になおされて、「はっと思った。即ち私は第一回にして、早くも短歌に対した一つの開眼を得たのだったが、新人を頭ごなしにやっつける先輩たちには正直のところ面くらった」が、その言動にはほとばしる情熱がみなぎっていた。

折口の講義は大学部と高等師範部だけに限られ、予科生は「郷土研究会」か「源氏全講会」の会員にならないと聴くことはできない。伊馬はすぐに「郷土研究会」に入会し、折口からあらゆることを学ぼうとしていた。百年に一人の学者といわれた折口信夫は師と慕うにはあまりにも高く大きく近寄りがたく、怖い存在であったが、しかしその影響下に身を置いているだけで不思議な満足感があった。

「鳥船」創刊号に折口はつぎのような「鳥船びと宣言」をした。

私は、文学の目的を、人生に於ける新しい論理の開発と言ふ点に据ゑて居る。（中略）才子必しも新論理の開発に適してゐるとも言へないし、又此才分の発露にも、遅速あることも、事実である。才子は鈍根に還れ。鈍根者は唯求心的努力に専念なれ。我々の歌は、才を超越し、論理を解脱して、新な価値を開くものなのである。

歌は技巧や姿のよさではなく、「何よりもまず人であること」に重きをおいていた。伊馬の若く瑞々しい感性は、折口の教えを慈雨のように吸収していった。

伊馬は「とにかく、『人間としての触れあひ』が第一信条であること、『文学青年らしいなま白けた欲望』などは潔く捨て去るべきであることなどは、われわれには痛いほど浸透した。そして作歌に於いては、対世間、対社会的欲望には目もくれず、ひたすら鳥船びととしての道を歩むことに専念した」（「『鳥船』その軌跡」）。

折口の中学の教え子で、十八年間身辺の世話をしていた鈴木金太郎は「先生が歌の指導をする場合、歌を作ることは二の次であって、人間を作ることを主眼としていたんです。それで、世間的に名を出すなどということは、絶対に押さえてやらせなかった」(「面影を偲ぶ」)と話す。

折口の指導についてゆけない者は次第に離れて行った。伊馬は師の教えに共鳴し、対世間、対社会的欲望には目もくれず、ひたすら〝鳥船びと〟として恥じないよう作歌に向き合っていた。若い未熟な心は「鳥船」という大船に乗船していることで安心感を保っていたのだろう。一、二年先輩の藤井春洋や中村浩、藤井貞文からは人間としての生き方やさまざまな知識を教えられ、毎月一回の例会や会誌「とりふね」の編集旅行が伊馬の学生生活の中心となり、なくてはならない存在になっていた。

予科三年後輩の塩田建明は「折口教授は、國學院出で、学生たちにとっては先輩にあたる。しかし、講義以外で近づくことは容易ではなかった。しかも、近づけば近づくほど、ますます遠ざかってゆく。まさに、神人的存在として、そびえ立っていた。殊に美に関しては細かい事にまで、寸分の隙をみせなかった。よほどすぐれた学問的能力か、芸術的才能を有する者にのみ、わずかにそれが許された」(「木屋瀬の町づくりにあたり」)という。折口は伊馬の才能を見抜いていたのか、そのわずかに許された人のなかに伊馬も加わるようになっていた。

ある日の鳥船びとの様子を、折口は昭和十二年の「鳥船」第七集につぎのように書いている。

大正十五年十二月二十四日、五人ほどの人数で歩いてゐるのだらう。言ふまでもなく、私は一人。私と肩を竝べて、大きな聲で受け応へしてゐるのが、浩と春洋とであるらしい。（中略）貞文と正志（筆者註・村田正志）が、ぼそ〳〵咄しながら、後に来る。一等遅れて、鵜平（筆者註・伊馬春部）見たいな子どもが、まだ予科一年生のおづ〳〵した姿で、ついて来る。

折口の鋭い観察眼は、一言でその人間性をとらえていておもしろい。それにしてもなんとも初々しい伊馬の姿である。

折口信夫は明治二十年二月十一日、大阪の医者（生薬業）の家に生まれる。子どものころから、歩きながら本を読むほど読書力が旺盛で、四歳で百人一首を暗誦し、八歳で和歌を詠んだという。ずば抜けた頭脳を持ち、思ったことをはっきり言う反面、やんちゃでいたずら好きで好奇心旺盛な少年でもあった。明治四十三年、國學院大学を卒業し、翌年十一月に大阪府立今宮中学校の嘱託教員となり、国語と漢文を教えている。教え子の鈴木金太郎は「全部の生徒がすぐ先生に惹きつけられてしまった。普通の中学校の先生の講義とは全然ちがっていた」（「面影を偲ぶ」）と話す。

若いころから民間伝承への関心は並々ならぬものがあり、大正二年に柳田國男によって創刊された雑誌「郷土研究」に投稿、以来柳田を終生の師と仰いで学問の励みとしていた。翌三年三月、受け持った生徒の卒業を機に退職して上京。ところが卒業生が折口を慕って十人ばかりが上京して同居。教え子たちの面倒を見ながら研究を続け、国語教科書の編纂や『国訳万葉集』（上・中・下）を出版している。その教え子の一人が鈴木金太郎で、貧しく苦しい時代を支えていく。大正八年一月、折口は國學院大学の臨時代理講師に就き、ようやく生活の安定を得た。十一年に國學院大学教授に、翌年六月に慶應大学の講師、十三年に北原白秋や古泉千樫らと雑誌「日光」を創刊し、翌年第一歌集『海やまのあひだ』を出版するなど、旺盛な研究と執筆活動に取り組んでいる。

同じころ國學院で教鞭をとっていた金田一京助は「黙って、女性のような人でありましたかと思うと、一面は、こうと信ずるところはもう堅く取って、決して妥協しない方だったんですね」（「面影を偲ぶ」）と語る。

伊馬は「鳥船」と「郷土研究会」に籍を置いていたが、折口が部長を務めている文芸部には予科二年まで所属していなかった。それは「文芸部とか『渋谷文学』とかいうのはどこか近寄りがたく、自分のクラスだけで『あこめ』という原稿を綴っただけの回覧雑誌を発行して、ひとりいい気になっていた」（「渋谷界隈」）。のちに「黒線」と名前を変えて続けたが、二年のとき誘われて文芸部に入部。機関誌「渋谷文学」昭和四年一月号に、初めて書いた一幕物の戯曲「降りかけた幕」を発表する。

「フランス風のコメディタッチのものでしたがこれがじつに私の一生を支配するきつかけになつてしまつたのです。つまり折口先生から、身分不相応ともいうべき激賞を受けてしまつたのです。これでよし、この道をまつしぐらに進むのだ……私は固く心に誓いました」（「この道たゞ一すじに」）

國學院大学文芸部の機関誌「渋谷文学」

遊びに行くお金の余裕はなかったが、新劇だけは築地小劇場——その分裂後の左翼劇場や新築地も欠かさず観に行った。折口も芝居を観るときは、何度か伊馬を連れて行ってくれた。

伊馬は築地の〝洗礼〟を享けており、このころ「〈全線〉から〈吼えろ支那〉まで」という劇評を発表したりしていたようだ。「全線」は左翼劇場、「吼えろ支那」は築地小劇場の公演で、昭和四年九月二十三日付の「氷川学報」に、「久丸叟助」の名で寄稿。四百字詰原稿用紙で九枚の熱の入った劇評だった。

伊馬が目ざすのは新劇の脚本を書くことで、ペンネームの久丸叟助には思い入れがある。

「久丸叟助の久は、久坂栄二郎などの久であり、久丸の丸は、佐々木孝丸の丸、叟助の叟は三番叟の叟、つまり芝居に関係の深いことば――いかに私が、当時、新劇に憧れていたかがわかろうというもの」（『櫻桃の記』）

劇団築地小劇場の更生第一回公演「阿片戦争」「吼えろ支那」を観て刺激された伊馬は、戯曲「しゃぼん泡を立てる」と「井戸と医学と」を書き上げた。

しかし、久丸叟助のペンネームは、戦後伊馬の代表作となったラジオドラマ「屏風の女」などの登場人物に使われただけである。

「鳥船第二選集」にはじめて「高崎生」の名で吟行記「玉翠園遠足記」を書いた。

「大正十五年十一月十一日、毎年一回の旅行を今年は玉川べりに遠足すべく、府下北多摩郡狛江村和泉河原の玉翠園に向かった」

折口を中心に十八人、玉川の堤防を逆のぼりながら歌をうたったり、談笑したりして一里半（六キロ）ばかり歩くと到着して食事。「食事が終った後、歌稿の批評を始めた。いつもとちがって、皆打ちくつろいでいるので、しんみりと出来た」。年一回の近郊への遠足や一泊旅行は、日ごろの緊張感から解放される楽しみな行事であった。

伊馬も予科二年になると当番幹事になり、先輩に代わって新入生の教室をまわり、会員募集を呼びかける役割になった。また会の世話役として機関誌「鳥船」の編集や例会の準備をしなければならない。折口に「杏伯《きょうはく》」とあだ名をつけられたのもそのころである。世話役の仕事は、まず同人から歌稿を集め、そのなかから先生に選んでもらいプリントする。そして例会の前に同人に渡す仕組みになっていた。

この選をしてもらうのが一仕事で、学校であれ家であれ、その道ゆきであれ、折口につきまとって催促しなければやってもらえない。また歌会の日程も決めなければならず、伊馬はついに「キョウハク（脅迫）」というあだ名をつけられてしまったのだ。

釈迢空（折口信夫）の指導を仰ぐ短歌結社「鳥船」の機関誌「鳥船」

すでにそのころは折口の信頼も厚く、常に行動を共にする側近の一人になっていた。あだ名といえばあまり知られていないが「訪鬼」という名もある。その名がついたのは昭和三年の二月のこと、先生の面会日は金曜と決まっていて出かけたのだが、早く着いてしまった。折口が起きるまで箒で庭掃除をしていると、しばらくして玄関が開いた。伊馬を見た折口は「鬼が来た、鬼が来た」と言って家のなかに入ってしまった。それから訪鬼とあだ名がついたのだった。折口のユーモアである。

ユーモアと言えば、「鳥船」には「さつりく」というゲームがある。〝殺戮〟ではなく〝さつりく〟でなければ遊び心が伝わらない。たとえば、何かの賞をもらった、最近結婚した、新調の背広を得意げに着ている、卒業したばかり、などその日の目立った人を折口がマークして、みんなに合図を送るといっせいに取り押さえてぶつ真似をしたり、棹を通したどてらを着せたり、雪の日は顔を押しつけてデスマスクをつくったりする。〝さつりく〟される者はオーバーな苦しみ方をして、その顔を楽しむのだ。そしてその一瞬を写真におさめて二度の楽しみを味わうといった、たわいない遊びである。

また折口は探偵小説の愛読者であり、クイズやいたずらも大好きだった。たとえば、折口と伊馬たち若者が五、六人で街を歩いていると、突然折口は「このなかで義経はだれ?」とクイズを出す。みんなは真剣に考え込む。答えは「そのなかで一番荷物をたくさん背負っている者」である。またあるときは数人で浅草を歩いていると、当時人気のエノケンの看板が出ている。それを見た折口は「誰かに似ているなぁ、誰か言ってごらん」とわかっていることをわざと言わせようとする。仕方なくほかの人が「伊馬さんです」と答えると、頷いて笑っているのだ。若いころの伊馬はエノケンに似ていたのだろうか。写真を見るとそうとも思えないが、写真は「かなりきどっている」という声もわりと聞いたので、自然体のとき、または仕草などが似ていたのかもしれない。

予科の二年間があっという間に終わった。英語の中等教員の免許状は手にしたが、そのまま辞めたくなかった。「それは折口先生の学問のトリコになってしまったからです。私は、先生のありとあらゆる宝もの——古代学・万葉学・民俗学・短歌・詩、そして演劇に関しての並々ならぬ造詣（先生は、大阪は難波生まれの浪花のそだち、したがって上方芝居その他の芸能はいわば体臭の如きものであったといってよい）などの中から——その演劇の部門をのみ継承することにしよう、そう決心していたのでした」（「この道たゞ一すじに」）

昭和三年の伊馬の日記には、予科だけの約束で許してもらった伯父へ、本科へ進みたいと切り出せない悩みが綴られている。伯父も六女三男の父となっており、そのうえ深刻な経済不況の波を小さな薬局はもろに被り、沈没寸前だった。伊馬は木屋瀬の家屋敷を売ってでも学業を続けたいと思ったりもするのだが、思いあまって正月四日、ついに伯父に相談した。当時の日記には「切り出したとき伯父の顔に暗いカゲがよぎるのを見た」とある。しかし伯父は、育英会補助や親戚の援助など前向きに考えてくれて、進学を許してくれたのだった。

早速上京して折口に話すと、よかったよかったと、心《しん》から喜んでくれた。そして折口もまた伊馬の悩みを受けとめ、苦学していると思わずにすみ、それでいて勉強にもなる仕事を与えてくれた。それは『国文学註釈叢書』の索引をつくる仕事だった。伊馬にとって大仕事だったが、月々支払われる二十円は、学費の支えとなった。

やっと本科へ進んだ昭和三年四月、折口が慶應義塾大学文学部の専任教授になるという話を聞いた伊馬は愕然とする。「自分は何のために学部に行くのだ。折口先生あるが為ではないか」。目の前が暗くなっていくような気がした。しかしその後、慶應の国文科の学生が「鳥船」の例会にも出席するようになった。伊馬は波多郁太郎・池田弥三郎・戸板康二らとめぐり合い、終生の友となる。

昭和三年の秋の運動会で、伊馬は大失態をしてしまう。「カチカチ山事件」である。「郷土研究会」の出し物〝百鬼夜行絵巻〟つまりお化けコンクールで、鬼や河童、海坊主、一つ目小僧などがいるなかで、伊馬は豆狸の役が与えられた。折口の描いてくれた絵を参考に綿花で巨大な狸の一物をつくり、両手両足にも綿花を巻きつけて、蠟燭の火で焦がし色づけをした。一物はうまく焦げ色がついて狸らしくなったが、手足がいまいちだった。運動会当日、焦げ色が薄いのでもう一度焼こうとマッチを擦ったその途端、一気に体中に火が走り、火だるまとなった伊馬は失神してしまった。ちなみに、「この時雪女郎に扮した藤井春洋の美しさは、未だに語り草として残っている」（上野一雄「日本文士列伝」）という。

「鳥船」編集者の楽しみは折口と一緒に行く編集旅行だった。行き先は温泉好きの折口の希望で温泉地が選ばれる。それもなるべく汽車に乗る時間が長いところがいい。という

昭和14年，「鳥船」百草園へ遠足（最前列右から３人目・伊馬，４人目・藤井春洋，前から２列目左から３人目・折口信夫，６人目・池田弥三郎。写真提供：折口博士記念古代研究所）

のは、選句を車内でやるからだ。主に校合《きょうごう》は藤井貞文・藤井春洋・伊馬らが行っていた。編集者が整理して持ってきた同人の歌稿を数名ずつに分けて二等車（他は三等車）の折口に渡し、添削され選句されたものを持ち帰ると、それをみんなで手分けして清書する。大変ではあるが、折口が朱を入れた歌稿を見ることができるのは、作歌する上でどんなに勉強になることか。いわば役得だった。

小題もしかり。本人が付けていても、折口は適当と思う題名に書き直すのだが、それがまた適切でユーモアがある。たとえば新聞社勤務の者には「号外」や「新聞記者として」、作者の生まれ故郷や現住所に関連した地名「埴科日記」や「飛鳥風」、出兵した者の出詠には「兵と起居す」や「杭州湾上陸」、「奥地の衛生兵」など。伊馬につけられたのは「食慾集」「香葩衢人詠」「空中樹集」などで、「香葩衢」は「杏伯」を美化した当て字であるらしい。空中樹は中身がからっぽという意味で、頭のなかがカラッポという折口の茶目っ気である。

門下生一人ひとりに対して折口の愛情は厚く、潔癖で打算がなく純な愛情の持ち主だった。それだけに厳しく、妥協を許さなかった。本当に悪いことをした者がいたときは、一切寄せつけなくなるという。伊馬も三度破門されている。すべて折口の深い愛情とわかっていても、その度に、自殺してやろうかと思ったこともあったという。

「鳥船第三選集」は伊馬が編集責任者となり、下宿先の当主が印刷関係の人だったので、相談してガリ版刷りから活版印刷に変えた。その号についてこんな事があった。折口に題字を頼むと「止里夫哭《とりふね》」と書いてくれ、伊馬はこの題字を大層気に入り喜んでいたのだが、ある民俗学関係の先輩がうっかりこれを「しりふき」と読んで、折口の爆笑を大いにさそったという。ことに折口に「きれいにできたね」と褒められると、それまでの苦労が一瞬でふっとんでしまった。

昭和四年、伊馬が荻窪の天沼に一年ほど下宿していたときは、暑中休暇も九州へ帰らず、卒論の準備をしていた。そのかたわら『国文学注釈叢書』の索引造りに、四畳半一間の部屋で没頭していた。このころ、「ヨウアリ　オイデマツ　ヲリロ」「アスアサコイ　ヲリロ」「クルナラトマルツモリデ　スグ　コイ　ヲリロ」という電報がたびたび来ている。

ちょうど折口の『古代研究』が出たところで、口述筆記や清書の手伝いに呼び出されていたのだ。ヲリロの「ロ」は、折口の「口」であり、ちょっとしたところに折口のユーモアが感じられる。
振り返ると、下宿住まいの貧しい伊馬に栄養をとらせようという、折口の愛ではなかったか。そういう優しさが折口にはあった。

箸とれと、あまた並べてのらすなり。このうましものに　泪こぼしつ
足らひつゝ、心哭くらし。美《ウマ》し物　いちいち　浄《キヨ》き血になりゆくらし

伊馬鵜平

とはいっても、完全主義の折口にはいつも緊張を強いられており、息苦しくなることもあった。旅に同行しても、楽しさより気疲れすることの方が多かった。

たとへば汽車ででもぼんやり向ひあつてゐると、こんなときにでも本をよまねばと言われ、それではと持参の文庫本に遠慮なく読みふけつてゐるといふと、読んでばかりゐるものがあるものか、こんな山沢の景色はちやんと頭に入れておかねばと今度は叱られる。なるほどその頃は汽車は、風光絶景な辺りを走ってゐるのである。まつた

く、いつしよに旅行してゐると、そんなことがたびたびで、楽しさ半分、何とかが半分といふのが、正直なところ、ほんとうの気もちだつた。気がつかれて、気がつかれて、東京に帰つてくるとしんからほつとしたものだつた。（『近代作家追悼文集成』三十五巻）

と解放された気分が伝わってくる。弟子たちが折口といるとき、とくに気をつけたのは不用意な言葉だった。たとえば、後年折口と同居する岡野弘彦がきれいな桜を見て「青い空に桜が映えて美しいですね」というと「観光写真みたいなことを言うな」と叱られた。伊馬も万葉旅行のとき、休んだ茶屋で飲んだぬるい甘酒を「温ぬるのが飲みやすいですね」というと折口は、「甘酒というものはたとえ真夏でも、舌がやけるほど熱いから甘酒なんだ。それをほめるのは軽薄だ」と叱られたこともあった。

一方、鳥船びとにも戦争の影は暗く重く覆いはじめていた。昭和三年に折口と同居をはじめた春洋も、六年一月には志願兵として金沢歩兵連隊に入隊。伊馬は春洋の留守を守って折口と同居し、その春文学部を卒業した。春洋は十二月に除隊になるが、戦争は身近な人々にも迫っていた。十二年に日中戦争がはじまると、鳥船の会員たちはつぎつぎと出征していく。日に日に息苦しくなっていく時代のなかで、伊馬は「短歌の雰囲気にひたつて

昭和18年5月，藤井貞文出征壮行会（前列左から伊馬・折口・藤井貞文，後列右端が春洋。写真提供：折口博士記念古代研究所）

ゐるときが私は一番楽しい。ひたすら、日ごろ汚濁に染まったたましいが、浄められる気がするのである」（「読書日記」）と短歌に安らぎを求めるのだった。

昭和十二年に、月一回の発刊が決まった『新万葉集』は一人二十首で募集され、「鳥船」から十二名が入選。翌年五月に発刊された『新万葉集巻五』に伊馬も「高崎英雄」の本名で短歌十六首が掲載された。

ところで「鳥船」第九集には、二号から欠かさず編集にかかわってきた伊馬の名前が外されている。それだけではなく短歌すら出していない。じつはこの年、昭和十四年の正月、伊馬は結婚した。そのことで破門されたのだった。

「このことに関係して私は先生の温情を裏切つてしまふ行動をとつたことになつた

のであつた。その刑罰としての第九集からの閉め出しなのである。さういふとき先生は、きはめて峻烈であつた。これは私ばかりではないが、さういふ先生の大樹の聳立するばかりの毅然のさまにぶつ突かると、愕然として自分の行動が反省させられ、恥入ると同時に悔恨にくるるのがいつものことであつた」(『鳥船』その軌跡」)。このときは先輩のとりなしで数カ月後には出入りを許され、秋の彼岸の墓参にお供をしている。

昭和十四年十一月、中村浩、藤井貞文、藤井春洋、青池竹次、そして伊馬も加わって、「ひとことぬし社」を立ち上げ、ガリ版刷りの会誌「一言主」を発行。

昭和十六年十二月、日本はついに太平洋戦争に突入した。「鳥船」の六十人ほどの会員のなかから、十人近くが軍務に服して行った。このころから戦死者の名前が「鳥船」の追い書きに記されるようになる。「鳥船」も十一集をもって停止。十六年八月には折口も中華民国への学術慰問団のメンバーとして大陸へ渡った。軍務で教育に従事している人たちへの慰問だった。

昭和九年に國學院予科講師となった春洋は、鈴木金太郎に代わり折口の家のことすべてをまかされていたが、十六年に召集を受けて再び入隊し、翌年五月に解除。六月に神道部教授に就任する。十八年に再召集された春洋は「今度は長びくかもしれない」と言葉を残し、金沢歩兵連隊に入隊した。金沢まで春洋に面会に行く折口に従い、伊馬も必ずお供をした。春洋の入隊と同じ年に國學院に入学して来たのが、折口と最後まで同居する岡野弘彦である。
昭和十八年十一月十四日、学徒出陣壮行会で折口の長歌「学問の道」が読み上げられた。「詩が中程まで読みすすめられてゆくうちに、講堂をうずめる学生の間に、感動を押えかねた声にならぬうめきのような声がおこり、最後の反歌が読み終えられてのちも、その切迫した声のざわめきはしばらくやまなかった」（岡野弘彦『折口信夫の晩年』）と、岡野はそのときの感動を記す。

汝が千人《チタリ》　いくさに起《タ》たば、
学問は　こゝに廃《スタ》れむ。
汝《イマシ》らの千人の　一人
ひとりだに生きてしあらば、
国学は　やがて興らむ。

反歌
手の本をすてゝ、たゝかふ身にしみて　恋《コホ》しかるらし　学問の道

釈迢空

昭和16年４月，万葉旅行にて
（左から伊馬，春洋，折口）

「先生がこの詩のなかで、学問のためには、千人のうちのせめて一人だけでも、命を保って帰れという、このつつましやかな歎きのことばを言われるにも、当時としてはかなり勇気と自信の要ることであったはずだ」。岡野らは、学校からこの詩を記した紙をお守りのように一枚ずつもらって出征した。

　昭和十九年六月、春洋の連隊が千葉県柏に移動となり、翌月には硫黄島へ向かうと決まった。翌月の十九日、柳田國男と鈴木金太郎を保証人にして、折口は春洋を養嗣子として入籍、「折口春洋」として送り出した。それから折口は、鳥船びとの足跡を世に知らせるように戦地からの出歌も掲載した「鳥船新集」を十八、九年と三集まで発刊。さまざまな人たちに送付した。三集は貞文も春洋もいない、残された伊馬と折口とで校合し追い書きを書いた。硫黄島の春洋にも送ったが、届いただろうか。しかしそれも三集を最後に終止符を打った。

　昭和二十年三月十九日、「三月十七日硫黄島陥落、全員玉砕」と春洋の戦死の報せが届

いた。しかし折口は、春洋の死は玉砕の日ではなく、米軍が攻撃を開始した二月十七日を命日とすると言い張った。それは、

「二月も中旬に近くなった頃から、米軍の硫黄島攻撃のニュースがしきりにきかれるやうになつたとおもつたら、すぐさま日本軍全滅の報である。春洋のことだからきつと敵上陸の第一日に戦死したと思つていいね、と言はれた先生のこゝろが忘れられない。責任を重んずる性質だから、それこそ真先かけて陸軍中尉の責を果したであらうと言われるのである」(『鳥船』その軌跡」)

春洋の戦死の報せを受け取った二、三日後、伊馬にも召集令状が届いた。ちようど春洋が残していった「鵠が音」の草稿の整理を終えたばかりだった。

応召から引き揚げ

昭和二十年三月九、十日と、東京はＢ29による大空襲があった。その翌日、伊馬はどうしても太宰治に会いたくなり、鉄かぶとを背負いゲートルを巻いて、三鷹の家を訪ねた。昭和七年に井伏鱒二の家で紹介された太宰は、翌年に伊馬と同じ天沼に住むようになってから急速に親しくなり、馬鹿話ばかりしては飲み歩く、気のおけない友人だったのだ。お互いの無事をよろこび合い、井の頭公園近くの行きつけの店へ行き、コップ酒で何度も何度も乾杯である。

太宰の話を聞いて伊馬はおどろいた。空襲警報のサイレンが鳴り、高射砲の炸裂音がすると、太宰の娘である五歳の園子に防空頭巾をかぶせ、狭くて窮屈な防空壕に避難する。しばらくすると園子は嫌がって外へ出ようとするので、それをなだめるため、太宰は絵本を広げて「舌切雀」や「カチカチ山」など昔話を聞かせるのだと話す。ところが子どもに絵本を読みながら、太宰の頭のなかにはまったく別の空想が広がり、新しい物語をつむぎ出す。それを防空壕のなかで書きとめているのだという。

「しかし偉いねぇ。この空襲のさなか、書きおろしの小説に夢中になってるなんて」

太宰は混乱の時代に追いつめられても、死に物狂いで生きている作家なのだと、伊馬は心底思った。

ふたりで飲んでいるところへ、江戸火消しのような装束を着た俳優の丸山定夫がやってきて、新宿へ一緒に行こうと誘う。またいつ空襲がきて店が焼けるかもしれない、と常連が集まり、「ありったけの酒を飲んでしまおう会」があるというのだ。ふたりは「それは耳よりの話、といさみ立って丸山君のお伴をした」（太宰治「酒の追憶」）。そのとき丸山は見知らぬ一人の女性を伴っていた。その人こそ『斜陽』のモデルとなる太田静子だったが、先の運命をだれも知るよしもない。それから三人は新宿へ行くが、残念ながら伊馬の記憶はそこで終わっている。気がついたときは道に倒れていたという。その日の様子は太宰治の「酒の追憶」にくわしい。


この時の異様な酒宴に於いて、最も泥酔し、最も見事な醜態を演じた人は、実にわが友、伊馬春部君そのひとであつた。あとで彼からの手紙に依ると、彼は私たちとわかれて、それから目がさめたところは路傍で、さうして、鉄かぶとも、眼鏡も、鞄も何も無く、全裸に近い姿で、しかも全身くまなく打撲傷を負つてゐたといふ。

それから数日後、酔っ払ったときに折れた二本の前歯の治療をしていた三十六歳の伊馬に、赤紙が来た。

「正直いって、あ、これじゃァニッポンもいよいよ負けだナとおもつたものである。こんなワタクシ如きものにまで召集がくるようじゃ、わが祖国もこれでどんづまり――」（伊馬春部『土手の見物人』）

三月二十四日、東京から四歳の長女を連れて、小倉市の妻の実家に預け、その足で夜十時に久留米第四十九部隊戦車隊に入隊したのだった。「東京からまいりました！」と敬礼・不動の姿勢で大声を出した。迎えに来た若い兵が、今日の応召者はすべて大陸わたりになるらしい、と教えてくれた。

「久留米の部隊を真夜中に進発。早暁の博多港から朝鮮海峡を潜水艦に脅かされながら、やつと薄暮に入港した釜山では、街のあちこちに、米軍が沖縄に取りついた旨の特報が貼られていた。はや三月も末日だつた」（『鳥船』その軌跡」）

地下足袋に青竹を切った水筒を持った老年兵は、すぐに貨物列車に乗せられて北上。どこへ向かっているかわからないが、列車が停まる度に羊羹や汁粉、おむすびなど国防婦人会の差し入れがあった。四月一日青島に着いた。

伊馬が配属されたのは、青島からかなり離れた坊子という炭鉱町だった。すぐに小銃班の新兵として訓練が始まったのだが、部隊のなかに偶然、伊馬の本国での活躍を知っていた者がおり、「タカサキは作家なんだから、報道部にまわさにゃ勿体なかですバイ」と進言してくれた。このころの伊馬は「伊馬鵜平」として、新宿の大衆劇場「ムーラン・ルージュ」の人気脚本家となっていたのだ。おかげで青島の師団司令部に配属が変った。

何の記念日だったろうか。伊馬は「立哨中異常なし」というコメディを書いて上演した。「兵隊は腹がへって仕方がない。上官の目をぬすんで見張りをたてて天ぷらを揚げているところを見つかるが、その士官もよろこんで一緒に舌鼓をうつ」（『土手の見物人』）というその寸劇は大いにウケたという。

それから間なしに日本は無条件降伏をして戦争は終わった。伊馬は即座に現地除隊を願い出た。

「青島というところは治安のいいところであった。その八月十五日も、なんらの不安もなく、中国の人びとは却つてわれらに温情を示すかの如くであつた」。

伊馬が除隊したのは、十月も半ば過ぎだった。そのとき声をかけたのは衛兵司令（伍長）の吉柳博幸だった。「現地除隊はたった一人で、しかも四十歳近いロートルでしたから、わざわざ呼び止め、用心して戻るよう励ましたことを覚えています」（「読売新聞」昭和五十一年一月十九日）。吉柳は十七歳下で、偶然にも鞍手中学の後輩だった。

悲惨とも思える外地の生活も、作家という好奇心の方が勝っていた。そういう意味ではこの転換期の中国を体験できるとは、何という恵まれたチャンスを与えられたことか。伊馬は一居留民として青島に残った。放送関係者の家に居候して、散歩をしたり活劇を見たり、小遣いかせぎに居留民団で働いたりしていた。居候した家では句会も開かれて、米軍の海兵も遊びに来るなど、けっこう楽しい毎日だった。
青島を引き揚げて米軍の上陸用舟艇ＬＳＴで佐世保に上陸したのは、昭和二十一年の一月末。針尾島で二夜を明かし、三日目に門司港行きの臨時列車に乗って門司駅で下車。妻の実家で妻子の無事を確認し、はじめて緊張のほぐれるのを感じた。それにしても日本の変りようはどうしたことだ。復員して目にした日本の姿に呆れ嘆き、つぎのように記している。

機関車から屋根まで鈴鳴りの満員列車、窓から飛び降り、また押し乗るルックサックの連中またそれを見つゝ平然たる駅員、しかしこれはまあいゝ方で、駅員の制止をも無視して地下道には降りずさつさと線路を越して次のホームに移る者の後をたゝないのを見ては、終戦後二箇月の頃、あちらで聴えたラヂオ講演に、「道義頽廃して見る影もなき敗戦国日本に於きましては……」云々といふ一節のあつたのに悲痛の泪を泛べ、そんなことがあるものかといきまいたことも、やつぱり無駄に終つたかと、そゞろ情けなくならざるを得ないのでした。見ればホームから洒々小用をもよほして憚からざる者あり。夜の明けはなつにつれ、線路上あそこゝ堆積する人糞の見ゆるありで、いや全く、これで祖国日本にほんとに帰つて来てゐるのであらうかと疑はないわけにはいかないのでした。（「故郷」）

この敗戦後の暗澹たる印象がその後のドラマを書くうえで、日本の良さであるうつくしい言葉、振る舞い、そしてゆかしき大和心を伝えてゆきたいと考えた動機になったのではないだろうか。

翌日、ふるさと植木へ向かうため筑豊本線に乗った。折尾から中間《なかま》を過ぎると懐かしい遠賀川を渡る。石炭で黒く汚れた川の水は変わりなく流れ、やっとほっとした気持ちになった。その川の上流には生まれ故郷の木屋瀬がある。筑前植木駅で汽車を降りると、自然に早足になる。伯父の家の大きなモミが見えてきた。薬屋のガラス窓に猫柳を一つ挿した古壺が置いてあり、短冊が配されている。昔と変らない「清浄と静寂」。それを見たとき伊馬は、「ああ、日本に帰ったんだ」と実感した。

「帰って来ました。敗残兵が帰って来ましたよ」

大声で言いながらガラス戸を開けると、伯母が驚いた顔で立っていた。久しぶりに伯父と飲む酒は、身体のすみずみにまで染みわたった。

王樹はその日のことを、「伊馬鵜平が上海より復員す」と前書きして、

泥卵と粽を支那の土産かな　　王樹

と詠んだ。しかしうれしさも半分であったろう。王樹の三人の息子はまだ一人として復員していなかった。

伯父の話で、文芸誌「筑豊文学」が早々に発刊されたことを知る。終戦からわずか五カ月で、中央だけでなく地方にも文化が息を吹き返している。同人には級友の大友宗運、中学後輩の俳人・野見山朱鳥《のみやまあすか》も名前を連ねていた。王樹のすすめで伊馬は、戦後初のエッセイ「故郷《ふるさと》」を第二号に書き送った。

生れ故郷は何といつても刺激が強すぎます。その山河の刺激がです。それが今度はいつそう、そうでした。やつぱり外地から帰つて来たといふ感情からでせうか、汽車が筑前植木の駅に近づくと、それこそもう胸がわくわくするのを感じました。わらつてはいけません。ほんたうです。一つはひよつこり顔を出して伯父や伯母をびつくりさせてやらうといふ子供らしい計画――いいえ、それこそがふるさとなればこそ敢へて思いついたわけでもありますが、そのせゐもあつたでせうが、窓から見える福智山や金綱山の春浅き姿は、私をむしやうに亢奮させました。

三月に入ったある日、戦災で焼け野原のまま復興の兆しもない福岡市西公園の近くに住む級友・加藤正一の家に、「僕、高崎だよ。青島から復員した。よろしくたのむ」と伊馬がひょっこり顔を出した。大陸灼けした顔、やせおとろえた姿に加藤は涙ぐみ、応接間に通してお互いの無事を喜び合った。しばらくくつろいだあと、伊馬は古い雑嚢から原稿用紙を取り出し、「母と娘の会話をユーモアに書いてみたから」と言って朗読を始めた。加藤は家にあった南瓜と里芋に酒を出すと、伊馬はうれしそうに飲んでいたという。

その後伊馬は、どうしても一度折口に会わなければと、九州を発ち焼け野原の東京へ向かう。伊馬の手には、二カ月滞在した妻の実家で書いた脚本の稿があった。

伊馬春部の誕生

戦後、鳥船びとも次々と復員したり疎開先から戻って来て、「鳥船」の歌会は再開され賑やかになった。折口は昭和二十一年二月に詩編『近代悲傷集』を発表。翌年三月には『古代感愛集』を発刊し、日本芸術院賞を受賞した。

戦後二度目の歌会に、岡野弘彦は初めて出席した。この出会いが岡野の人生を大きく変えることになるのだ。伊馬は二十一年一月に復員し、三月に上京。妻子を九州の妻の実家から呼び戻したものの、大半を折口のもとで過ごしていた。春洋を奪われた折口の癒されぬその孤独の心に、せめて身近にいたいと思ったのだ。そのころはただ、「先生の日常生活がいかに順調に運転されて行くかといふそのことばかりが頭にあつて、学問のことなどまつたく二の次、それこそ先生生身の一挙手一投足、一顰一笑に兢兢として暮してゐたものである」(『定本柳田國男集』第十巻月報)。

しかし、折口のあまりにも深い哀しみは、無事に帰ってきた者を見ても辛い思いにさせるのだろう。三月に春洋の兄・巽へ宛てた手紙には「高﨑英雄が、最近、青島から復員して、郷里福岡へまゐりました外、鳥船関係は、凡無事なのは、嬉しくあり乍ら、なぜ春洋だけが戻らぬのだらうと思ふと、ひし〳〵と不幸を感ぜずには居られません」としたためられ、「ぽかっと、穴のあいたやうな気持ちに寂しくなります」と、心情を吐露している。

無事に還ってきた伊馬に、「きみもこの際、筆名でもあらためて、新しく出直すことにしては――」と、戦後の新生と活動を期待して改名を進めたのは折口だった。伊馬も帰国したらこれまでとは変った生活なり仕事をしようと、漠然とではあるけれど考えていたのだ。

『万葉集抄』のなかに、

今更に雪零らめやもかぎろひの燃ゆる春べとなりにしものを　作者未詳

という歌があり、そこから折口は「伊馬春部」と命名した。平和な春の訪れを願う師の思いが込められていた。伊馬鵜平から伊馬春部と生まれ変わり、戦後の活躍がスタートする。酒好きの伊馬は冗談に、春部の春は「春日のカス」、部は「服部のトリ」で「カストリ」と言っては皆を笑わせていた。

伊馬が復員した昭和二十一年、四月に伊馬春部・池田弥三郎・戸板康二・荒井憲太郎・霜川遠志らと創作戯曲朗読会「例の会」を開き活動をはじめる。三十日に折口は、能登一ノ宮小学校の「折口春洋追悼講演会」に招かれ、また翌五月一日に羽咋高等女学校でも講演するため、伊馬は同行した。その折、春洋の実家・藤井家を訪ねた折口は、ある決意を語った。

「春洋があんまり可哀相だから、お宅の墓所に春洋の墓をつくり、いづれ私も春洋と一緒に入れていただきたいと思います」

その年の國學院大学祭で折口は、「戦争以来若い者、殊に学生がすべての喜びを失ひ、それが一番私には悲しいことでありました」（折口信夫「國大音頭のこと」）と、「芹川行幸」と「川の殿」の二つの戯曲を書きおろし上演した。「芹川行幸」は「郷土研究会」の会員と、慶應大学から池田弥三郎や戸板康二が出演し、伊馬が演出をした。「川の殿」は学生が中心で、在学中の岡野も白い神主の衣装を着た妖怪の役で出演。ところが稽古で岡野の声が小さいから訓練だと、折口と伊馬に動物園に連れて行かれる。人込みのなかで大きな声を出させられ、恥ずかしいうちは駄目だと何度もしごかれたという。さらにこの年の大学祭には生徒からの要望で、折口は「國大音頭」を作詞する。

〈どこもかしこも灰だらけ　廃墟の中にくっきりと　立った姿に泣けてくる
あ、　國學は滅びず　サノエ〳〵サノエッササ〉

それを炭坑節のメロディーに合わせてみんなで唄い、元気をつけた。
岡野は「鳥船」に出席はしているものの折口には近寄りがたく、折口の一番近くにいる伊馬の家に立ち寄っていた。家賃が四十五円だったことから「歯語館《しごかん》」と呼んでいた伊馬の自宅には、「とざしつつ眠ることありはろばろのまらうどならば鈴ふりたまえ」と書いた大きな絵馬が玄関に掛けてあり、その上に赤い土の駅鈴が吊るされていた。そのころの伊馬はＮＨＫの連続ラジオドラマ「向う三軒両隣り」や単発ドラマを何本も抱え多忙をきわめていた。

昭和23年，ＮＨＫ第七スタジオにて
（左から伊馬・折口・岡野弘彦・池田）

「いつ行ってみても、日当りのよい縁側に机をすえて、背中に陽をあびながら、原稿紙にむかっていられた。紺色のコールテンの上衣は、前の方は真新しいのに、肩から背にかけては、すっかり色が褪せてしまっていた」
（岡野弘彦『折口信夫の晩年』）

岡野がラジオ局や劇場に原稿を持っていくなど手伝うと、「帰りに牛丼でも食べておいでよ」と五十円くれたり、「ついでに舞台を観ておいで」と新宿の大衆劇場、ムーラン・ルージュのチケットをくれた。

そのうち伊馬から「時間があったら、先生のところへ行きなさい。マキ割りや風呂掃除や草取り、何でも手伝いなさい」と言われた岡野は、恐るおそる折口のところへ行きはじめた。春洋が戦死した後、何人か住み込む人はいたが、二、三カ月でやめてしまい、誰も長続きしないのだ。そのうち折口に「来ないか」と誘われた岡野は、昭和二十二年の卒業を待って同居。折口が亡くなるまでの足掛け七年間、最も近くで起居を共にすることになった。

同居してまず驚いたのは、春洋がつけていた十五年間の出納簿がずらりと並んでいるのを見たときで、これから自分がしなければいけないのかと、緊張したという。「(先生は変わり者で厳しいから)大変だよ」と皆に言われたが、その点はちっとも苦にならなかった。岡野は三十五代続いた伊勢の神社の長男として生まれ、子どものころから厳しく育てられていたので、それに比べるとほかの事は何も大変とは感じなかったのだ。岡野は「おっちゃん」とあだ名がついた。

岡野が折口と同居してからも慣れるまで、伊馬は脚本の執筆で多忙ななかを、週に二・三度は顔を出す。買い物に行き台所で料理をしている伊馬の手を見ると、しもやけで赤く腫れて荒れていた。「きっとこの先生の家での炊事のためだな」と岡野は思った。

「先生がどうやら心のやすらぎを覚えられるやうになつたのは、最も若かつた鳥船びとの一人の岡野君が、門弟子として家の内そと、先生の身の廻り一切を取りしきつてくれるやうになつてからではあるまいか。自己と継ぐべき家とを犠牲にしていつしんに先生の世話に明け暮れる岡野君に、私はいくたび春洋さんを投影したかしれない。岡野弘彦こそは、折口信夫の晩年を浄く豊かならしめた大きないさおしの人として、永遠に記憶さるべき人である」と、伊馬は安堵と感謝を込めて「『鳥船』その軌跡」に書いている。

昭和二十三年十二月十日の「サンデー毎日」に折口は「新爽両人」と題して二人の作家を紹介している。

歌壇に、隠れた二人の作家を推挙する。隠れたと言つても、全く無名の新人と言ふのではない。其ぞれの専門では、優れた立ち場を持つてゐる人々である。其在る姿から言へば、じれつたんとのやうに見えるかも知れぬが、作品は、決して、享楽文学の亜流に属するものではない。正しく根岸派の伝統を継承するものであることを言ひ添えれば、多く説明は要せないであらう。

一人は、劇作家伊馬春部であり、他は、維新史料編纂官藤井貞文である。春部は、著しく明るい歌風で、今の歌人に、凡欠けてゐるろまんちつくなものを多く、正しい形で持つてゐる。かう言ふ方面への、若い人々の為に、一つの燈となることがあるだらう。

ただひそかに　いえすきりすとを信じゐる妻のあはれの　身にしむことあり
たわいなき品もとめ来て　ほころへる妻のおろかを　我は叱れり
鼠とり　鼠をとりしこともなく　錆びつぶれしを　子らが蹈み居り

伊馬春部

文面から愛弟子に対する深い信頼と愛情がうかがえる。「鳥船」結成時の「世間的に名を出すなどということは、絶対に押えてやらせなかった」折口も六十二歳、晩年の弟子への思いだったのかも知れない。

昭和二十三年九月、折口は橿原神宮の帰りに伊馬を伴って能登一ノ宮を訪ね、羽咋《はくい》駅の近くにある石材店で墓石を選ぶと、墓碑銘を書き送った。

もつとも苦しきたゝかひに
最くるしみ死にたる
むかしの陸軍中尉
折口春洋　ならびにその
父　信夫　の墓

その墓碑銘は愛する者の命を奪ったものに対する、烈しい折口の怨念を感じさせるものだった。墓は翌年の七月六日に落成し、伊馬や池田弥三郎、鈴木金太郎などが出席して除幕式を行った。それまでは命日と定めた二月十七日に近い日曜日に、偲ぶ会「鵠が哭会」を開いていたが、墓を建立してからは行事としての形が整えられた。

「鳥船の同人で日光東照宮の矢島清文さんが斎服をつけ、私が春洋さんの残してゆかれた浅葱色の狩衣を着てそのお手伝いをした。先生が春洋さんを偲ばれた歌を藤井貞文さんが、春洋さんが先生を思って詠まれた歌を伊馬さんが、それぞれ祭壇の前で朗読する形ができたのも、二十五年からである」（岡野弘彦『折口信夫の晩年』）と岡野は記録している。

昭和二十四年は伊馬にとって、もっともうれしい記念すべき年になった。

十一月二十六日に九州大学で開かれる学術会議の地方連絡会議に出席するため、折口は十九日に出発した。同行する伊馬にはある計画があった。わが故郷木屋瀬へ折口を案内したい、それは伊馬の夢だった。別府から鹿児島、指宿をまわり山鹿・久留米へ。二十四日には植木に立ち寄り博多へ向かう予定にしていた。

直方から木屋瀬へ向かい、長崎街道宿場跡に残る高崎家（伊馬生家）を案内して、植木の伯父の家に一泊した。そのとき折口はつぎの歌を詠んだ。

道中に遊びゐる子もしづかにて、問へば逃げ散る　木屋瀬の町

木屋瀬の酒屋のていしゆ　出でゝ見よ。をちこち霞む　山川のいろ
のどけさは　いきづくごとし。木屋瀬《キヤノセ》の村より見ゆる英彦《ヒコ》の山やま

釈迢空

折口信夫の死と羽咋

毎年恒例になっている晦日の二十八日、柳田國男宅への訪問に折口のお供をした伊馬は、「柳田先生に対しておとりになる弟子としての礼譲――語づかひは勿論のこと全身これ慎ましさの居ずまひを目のあたりにして――」（『定本柳田國男集』第十巻月報）おどろき、やがて懼れおののいた。いつも厳しい折口が柳田國男のことになるとそわそわと落ち着かず、伊馬はあの恐ろしい先生の上に、巨大な師が存在するという事実をまざまざと実感して、身の縮む思いをしたという。

昭和二十八年の六月ごろから体調を崩した折口は、万葉研究の叢書のために書店から依頼されていた柳田國男との対談の約束を果たせず、気に病んでいた。

七月初めから箱根の山荘へ行っていた折口は、よくなるどころか、盆を過ぎて衰弱がひどくなっていく。それを岡野から聞いた伊馬は、折口にすぐに山を下りてもらうため説得しなければならない。これまで一度だって折口に逆らったことのない伊馬だったが、「今度だけは怒鳴られても――」と箱根に向かった。二十九日、角川書店の車で下山。車中で折口は左腹部の激痛に声をあげる。渋谷までの時間が息苦しいほど長かった。

病院に着いた折口は診察した医師に「私はまだ死ねないのです」、後継者が育つまでは生きていないと困ると訴える。三十一日慶應病院に入院。時どき幻覚が見えるようになった。春洋の第一歌集『鵠が音』を世に送ることを心待ちにしていた折口に、伊馬はなんとか間に合わせたいと角川書店から校正稿をとりよせ、病室の片隅で岡野、千勝重次らと大急ぎで目を通した。危篤状態で意識が混濁するなかでも折口は、「先生すみません……快くなりましたら……」と、喘ぎ喘ぎに繰り返し口ばしっている。

「それがはつきり柳田先生に対しての申し立て――而もあたかも目の前にしてゐられるやうな――といふことがわかるだけに、私どもひそかに暗涙にむせばずにはゐられなかつた。折口先生は、危篤の迫るが迫るまで、柳田先生を〝意識〟して居られたのである」

昭和二十八年九月三日、人工呼吸もむなしく、胃癌のため六十七歳の人生を閉じた。息をひきとる瞬間、伊馬は「先生！」と耳元で叫び、春洋の写真を折口に近づけた。

「先生、春洋さんが待っていますよ。早く行ってあげてください」

岡野は旅の好きな折口のため、百科辞典の分厚な地図帳と、やっとできあがった春洋の歌集『鵠が音』の見本刷りを棺のなかに納めた。

「あの頁この頁をひらいて、今ごろ先生は、どんな計画をおたてになつてゐるであろう

か」（『近代作家追悼文集成』第三十五巻）

折口の死後に発刊された『鵠が音』の追い書には、「まるでその親友の原稿の編纂を果す為だつたかのやうに、戦場へ立つて行つた春部（伊馬）のしみぐした別れの様を思ひ出す。でも其は、流離流鼠の憂き目を凌いで還つて来た。だが春洋は、遂に戻らなかつた」と、折口の心境が綴られていた。また、追い書きその四には「――ともかく、『鵠が音』の古い初稿から、日の目を見ようとしてゐる終校の今に到るまで、苦労して整頓してくれたのは、高崎英雄である。その志に対して、故人に代って挨拶する」とあり、伊馬は折口の心にふれて胸が熱くなった。

昭和24年２月19日，大井出石の折口宅にて
お水虎を膝に語り合う折口と伊馬，岡野

折口のいない「鳥船」は活気を失い、会員も一人二人と去ってゆく。昭和二十八年七月十一日の例会を最後に、「鳥船」は三十年の歴史を閉じた。折口の

存在の大きさを改めて思った。
その年の十二月十三日、能登一ノ宮の春洋の眠る墓に遺骨を埋葬。春洋を失って固く閉ざされた折口の孤独は、親子墓に納められたとき穏やかに笑みがこぼれ、いまはまどろみの刻を共に過ごしていることだろう。

昭和四十三年十一月に発行された『折口信夫回想』のなかで、加藤守雄がいみじくも指摘する。

われわれ門下生は、いまだに折口信夫の亡霊にとりつかれている。何かものを言うと、ふた言目には折口先生がと言い、しらぬまにそのスタイルをまねている。池田弥三郎が講演するとき、項目を書いた小さなメモ帳を手にして話す形も、戸板康二がひざに手をひかえ、足をつつましく揃えて腰掛ける姿勢も、伊馬春部さんがハンチングを愛用し、青やら紫やらの色インキを使いたがるのも、みんな先生のうつしである。

潮の香りのする羽咋駅からバスで能登一ノ宮で下車ししばらく歩くと、波荒く吹きすさぶ日本海の守り神である気多大社がある。社伝では崇神天皇の御世に創建されたという古い社で、深いタブの杜に抱かれ豊かな静寂のなかに鎮座していた。かつては海ぎわの一ノ鳥居にあった折口信夫と春洋親子の二基の歌碑は、昭和四十三年に神社の境内に移され、むせるような緑の下に寄り添い建っている。

昭和二年に折口がはじめてこの地を訪れたころは、金沢から鉄道が敷かれ一ノ鳥居の前に能登一宮駅があった。そのとき折口が詠んだ歌、

気多の村若葉くろずむ時に来て遠海原の音を聴きをり　　沼空

春畠に菜の葉荒らびしほど過ぎておもかげに師をさびしまむとす　　春洋

を刻む。春洋の歌は十九年の春、金沢で折口と面会したときの歌である。

伊馬らは駅に降りると鳥居をくぐり、参道を山に向かって歩くこと十分ほどで春洋の生家に着く。伊馬たちは「鵠が哭会」が終わると、遊びに行くところもなく、みんなで気多大社のそばに窯を開いてる「大社焼き」へ行くのを楽しみにしていた。伊馬・池田弥三郎・藤井貞文・矢島清文のテーブルの席は決まっていて、それぞれに絵や文字を描く楽焼《らくやき》に興じるのが常だった。「藤井さんはわがままなのでホテルに泊まれ、伊馬さんには一緒に泊まれと折口先生が言われてました」と、大社焼きの奥さまの思い出話。みんなで楽しそうに書いた壺や皿が、いまも大切に保存されていた。

社殿の裏手へ回ると昭和堤とよばれる小さな池があり、その池を見下ろす丘に、滝木に

囲まれた折口の句碑がひっそりと建つ。折口十年祭に建立されたものだ。

　くわつこうのなく村すぎて山の池　　迢空

　毎年九月二日は春洋生家の藤井家において「折口信夫墓前祭前夜祭」が行われる。二日の前夜祭は十七時からで、祭主による修祓《しゆうふつ》につづき鎮魂の笛が奏でられるなか、神に感謝して海のもの山のものが供えられる。祭詞奏上・献詠とすすみ参加者全員の礼拝がすむと儀式は終わる。祭事のあとはお供えもののお下がりを頂戴する。それが直会《なおらい》の儀で、神と人が一体となって言祝《ことほ》ぐという風習である。「それこそが祭事のピークであり真骨頂なのです」(「町うぐひす」)と伊馬は書いている。

　折口が亡くなる少し前のこと、日本人の科学者名鑑を作るため、資料提供の依頼が文部省からあった。そのなかの項目に、「現在行っている主な研究課題」というのがあった。

　そのときに先生が、それ二つ書かれたんです。一つが「万葉集の基礎的研究」という題目、もう一つが「日本における霊魂信仰の研究」その二つの題目を現在行なっている研究だと、こういうふうにおっしゃったんです。「万葉集の基礎的研究」という、その基礎的という意味を先生がどういうふうに取っておられたか。これから先生の学問を考えていく上には大事な問題になるだろうと思うんですけれども。(「面影を偲ぶ」)

と、池田弥三郎は師の最後を語っている。

すでに鳥船びとの多くは鬼籍に入ってしまった。年祭の祭主も最後の内弟子となった岡野弘彦が務めてきた。岡野は「先生が没した六十六歳を超えた時、何か肩のしこりが溶けた感じがしたんです。平成二十年に〈折口信夫の会〉を立ち上げて、第一回研究会を終えたところです。折口先生が目指した、原初的な日本人の精神〝根生いの心〟の探求。それを古典文献の奥のほうから見つけ出す努力を続けようと思っています」(「サライ」平成二十年一月号)。

岡野に託された使命となった。

ムーラン・ルージュ

大正十二年九月一日の関東大震災は、経済や国民生活に大打撃を与え、金融恐慌をひき起こした。十四年に公布された治安維持法は、昭和三年にはさらに強化され、特別高等警察課（特高）を全国に配置し取り締まりを徹底する。翌四年に社会主義者の大検挙があり、左翼演劇集団に対する弾圧も厳しくなった。国民の生活の細部まで特高の目が光るようになった。

追い討ちをかけるように、昭和四年十月二十四日にニューヨークのウォール街で株式の大暴落があり、翌年には日本に波及して昭和恐慌へと連鎖する。国内では冷害による大凶作も重なり、餓死者や娘の身売りなど暗い空気に包まれていた。人心は疲弊して希望を失い、街には就職どころか失業者があふれていた。

伊馬が國學院大学を卒業した昭和六年、日本は長引く不況の真っ只中にあった。暗い世相を反映して「大学は出たけれど」「酒は泪かため息か」といった映画や歌が流行していた。伊馬も卒業はしたけれど就職先は見つからず、一度ふるさとに戻ってはみたものの六月には再上京し、小説や脚本のようなものをあてもなく書いていた。その年の九月十八日、柳条溝の満鉄線路爆破事件をきっかけに満州事変が勃発、さらに翌年一月に上海事変がおこり、日本は一歩一歩ファシズムの渦にまき込まれて行った。

一方、昭和六年に洋画のトーキーが入り、新宿武蔵野館で人気のあった徳川夢声や牧野周一ら活動弁士やオーケストラの人たちが、新宿を引き揚げて新しい活動の場を求めて出て行った。浅草では榎本健一が新カジノ・フォーリーを旗揚げして文芸部に菊田一夫も加わり、下町文化として花開き定着していた。庶民は不安な生活につかの間の癒しを求めて、モダニズムのなかに逃げ込んでいく。「ムーラン・ルージュ新宿座」が創立されたのは、そんな暗い世相と人々が娯楽を渇望する、昭和六年の大晦日だった。

「ムーラン・ルージュ新宿座」プログラム

新宿はかつて甲州街道と青梅街道の追分にあった宿場町で、交通の要所として栄えていた。明治十八年に甲州街道沿いに国鉄山手線の駅が設けられたが、薪炭や野菜などはまだ馬力によって運ばれ〝馬グソ新宿〟

と呼ばれていたという。関東大震災後、次第に交通機関も整備され、大正十四年に現在の東口に駅舎が設置されると急速に利用者が増加。昭和二年には一日の利用乗降客数が日本一に達した。さらに中央線の延長によって、沿線にはサラリーマンや学生が多く住むようになり、新宿は急速に発展して独特の文化を作り出していった。

新宿の〝馬グソ横町〟の奥にあった映画館新宿座を改装し、昭和六年十二月三十一日、東口駅前の盛り場のなかで、四枚羽根の赤いイルミネーションの風車がまわる「ムーラン・ルージュ新宿座」は幕を開けた。

創立したのは浅草のレビュー小屋玉木座の支配人で、浅草オペラの名テナーだった佐々木千里である。座主である佐々木千里には、パリ・モンマルトルのムーラン・ルージュの〝踊りと歌を中心に風刺をきかせたコントを組み合わせたショー〟のエスプリを取り入れ、浅草のカジノ的なものを新宿のインテリ街に建てたい、という強い思いがあった。それも新しいバラエティを作りたかった。

「私が早稲田に入って次の年だったろうか、新宿・武蔵野館の向うに赤い風車が屋根に廻るムーラン・ルージュというのが出来た。学業などどこ吹く風、私はそこに通いつづけた。やがてここが学生やサラリーマンのメッカになって、山手に新しい浅草が誕生したように新宿の名物となるのである」と『さすらいの唄』に書いた森繁久弥は、戦後再開したムーランに出演してスターになった。下町文化センターが浅草カジノ・フォーリーなら、山の手文化センターは新宿ムーラン・ルージュといってよかった。

　ムーランの文芸部には、当時の新進作家である龍胆寺雄、吉行エイスケ（吉行淳之介の父）、楢崎勤の三名を顧問において、中村正常（中村メイコの父）や菊田一夫、サトウハチローらが作品を書くなど、企画から脚本、構成まで参加させ熱意に燃えていた。佐々木が「文芸部は劇団の原動力である」と明言するように、それまでの軽演劇のような俳優中心ではなく、ムーランでは作家が中心で、まず脚本があり、配役権も作家にあって演出も兼ねることが多かった。

「ムーラン・ルージュなくして伊馬春部なし」といわれるように、伊馬の人生においてムーランの占める位置は大きい。「扶養家族のため、家庭安穏のため」と本人は自嘲しているが、「わが青春のスタートであった」というように、ムーランとの運命的な出合いこそ、その後のドラマ作家としての礎を築いたと言えるだろう。

「大学は出たけれど」の伊馬の窮状を見かねたのか、「こんどムーラン・ルージュが始まるから、脚本でも書いてみたら」とすすめてくれたのは井伏鱒二だった。新興芸術派の仲間である楢崎勤が文芸顧問をしているからと、紹介してくれたのだ。早速、劇場へ出かけた伊馬は初めてコメディを見た。これなら書けると、すぐに五本の脚本を書いて新潮社へ勤務する楢崎の元へ持って行った。ところが一週間経っても楢崎からの返事がない。再度井伏から紹介状をもらって、今度はムーラン文芸部の責任者である島村龍三（ハナ肇の父）を訪ねた。「おお、あんたが伊馬さんか、来週やりますよ」と、すでに台本ができていた。

　伊馬が文芸部に採用されたのは、昭和七年の二月で月給二十円、脚本一本書けばさらに十五円くれる。月に二本書きなさいと言われた。合わせて月五十円の収入になる計算だ。やっと就職できた伊馬は、天にも昇る気持ちだった。ペンネームの「伊馬鵜平」は、ムーランのデビュー作「ガソリン・ガールと学生」の主人公の名前をとっさに使ったものだった。演出のときは「姉尾修」にする。学生時代に伊馬が考えたペンネーム「久丸叟助」は、新劇の脚本や純文学を書くときのためのものと決めていたので、そのときまで大切にとっておこうと思った。

　演目は十日ごとに変わり、芝居三本とレビューを間にはさんでのバラエティの構成だった。平日は開演十時から一回四時間の三回興行で、終演は十時。正月は六回興行も行った。文芸部員は一本三十五枚から四十枚の脚本を、月に二本から三本書かなければならないのだ。島村龍三、穂積純太郎、小崎政房、山田寿夫、斉藤豊吉、中江良夫そして伊馬が加わり、平均年齢二十代前半の若者たちが青春を叩きつけるようにして、寝る間もないほど書いて書いて書きまくった。

　文芸部室は舞台奥の中二階のようなところにあった。小崎は当時の様子をつぎのように書いている。

「ムーラン・ルージュ」文芸部（前列右から細野玲児，山田寿夫，穂積純太郎，小崎政房，後列右から横倉辰次，伊馬，斉藤豊吉。写真提供：新宿歴史博物館）

狭い舞台裏を通って、二階の楽屋の突き当たりに梯子みたいな階段があり、出入り口の戸はなく、上ると畳が六枚ほど敷いてあった。床板がむきだしの、正面には揚げ降ろし式の四角な四〇センチくらいな窓があるだけで、壁の棚には古い台本が、印刷用のインクのしみたボロボロの畳、冬はオーバーをぬいだことがなく、夏はむし風呂。僕らの青春はそんなサツのブタ箱以下の屋根裏でも結構楽しかった。（「新宿百選」別冊ムーランルージュ特集号）

伊馬は三月の「ガソリン・ガールと学生」を第一作に、五月「ワッショ・リーグ難船す」、六月に「初夏ホテル」

と順調なすべりだしだった。ところがムーランは夏ごろから不入りが続き、経営不振に陥ってしまった。月給五十円どころか、今日は五銭、明日は十銭と、その日の客の入りによって帰りの電車賃がやっとの、わずかな金を手にするだけになった。とうとうスタッフは総退陣に追い込まれ、伊馬も職場を失った。収入の道を断たれた伊馬をみかねた友人が、浅草の小屋の脚本を紹介してくれたのだが、書いた脚本は浅草向きではなかったのか、採用されなかった。

ムーランもこれで終わりか、と誰もが覚悟を決めたころだった。昭和七年の暮れにムーランの歌姫・高輪芳子と青年文士の中村信治郎との情死事件が起こり、マスコミは連日これを取り上げ報道した。高輪芳子は松竹少女歌劇団から入団し、可憐な歌声で人気があった。心中というセンセーショナルな事件は人々の関心を呼び、それと同時にムーランの名前も報道されて宣伝となり、皮肉にも消えかかったムーランは息を吹き返したのだった。

伊馬が活躍するのは昭和八年に入り、三月「医科の花嫁」、五月「溝呂木一家十六人」からである。

「溝呂木一家十六人」では、父親は外遊中で、母と娘四人と息子一人、お手伝い二人の留守家庭に、嫁に行った長女が出産のため戻ってきたことで繰り広げられる、家族それぞれの思いを描いている。出戻りの次女、多感な年頃の三女、好奇心いっぱいの長男と五女。それをお手伝いの二人が庶民の目から見たおかしさとさりげない会話で展開し、納得したり吹き出したり、観客は自然に感情移入ができるのだ。

「女って結局、子供を生むための道具にすぎないものね」、さらに「どうして女には、こんな屈辱的な重荷が背負わされているのかしら？」と、女であることに絶望して死ぬか家出しかないと悩む三女。そんな三女に叔父は「人生なんてものは、多ァ坊が考えているほど重大なものじゃないんだぜ。早い話がお前たちにしてもだ、慎重な熟慮の下に、この世におくり出されたっていう訳じゃないんだからな。人生ってこんな何でもないものなんだ。あまりむづかしく考えすぎると、だんだん自分で自分の世界をせばめて行かなきゃならなくなるよ」と事もなげに言い放つ。三女の深刻な悩みも生まれてきた姉の赤ん坊を見て、「この世の中には、そんなけがらわしいってこと、一つもないわけね。けがらわしいと思うのは、思う者の心の持ち方がいけないのね」と吹っ飛んでしまうのだった。

エピローグは溝呂木家の記念撮影の場で、好き勝手なことをしてまとまらない家族に、写真屋はあきれて帰って行って幕になる。所々の話の重さを軽くいなして、平凡な幸せにほっとして観客は家路についたのだろう。ちなみに十六人とは母と五女一男、叔父、お手伝い二人、犬、猫、鳥、金魚二匹に生まれたばかりの赤ん坊である。

伊馬自身は、この作品が自分のほんとの処女作だと言いきる。なぜならひとつの挑戦を試みた作品だったからだ。

それは「カジノ、フオーリィ」発生のコメディは、アチャラカ・ナンセンス・エロ・グロ・スピイド等等の要素を含み、ひろく一口にいんちきレビューと謂われたところのものであるが、私はそれに反抗しようとして、それらのものをどうにかして純粋演劇形式にまで高めようとする努力をつづけて来たつもりであったが、何の見てくれもない平明な対話劇のこの「溝呂木一家十六人」は、そういう私にとつてもひとつの冒険だつた。それだけに感動を見た時の喜びは大きく、同様の作品を三・四本つづけたのちに「桐の木横町」で更に本格的な観測気球を揚げてみたわけである。（「ムーラン・ルージュ小史」）

「溝呂木一家十六人」を見て感動したという上野一雄は「日本文士列伝」のなかで「伊馬さんの書かれるものには、人生がある」と評している。

しかし、大衆の表現活動を阻止するように、政府による言論統制は年毎に厳しくなり、ムーランも例外ではなかった。上演の十日前には警視庁保安課に脚本を提出しなければならず、削除部分には赤線が引かれ、赤札が貼ってあった。

伊馬はこの検閲で、これといった苦い経験はない。伊馬自身、風俗問題よりも思想問題、社会問題に対しての被害が多かったようだが、伊馬の場合は社会風刺といっても筋金入りの理論が貫かれているわけではない。観客を楽しませるための、野次馬根性的な目線で庶民の代弁をしていたにすぎなかった。野次馬根性でも、「この程度までは許してもらえるかな」というスレスレのあたりでセリフを書くことで、むしろスリルを楽しんでいたところもあったようだ。しかし、六月の「ペロリ提督の胃の腑」などは危険ラインを越えてしまったのか、上演禁止となっている。

昭和八年九月、「閣下と桃の木」は検閲は通ったものの、初日に警視庁の係官が舞台を見て、「あの作者は赤ではないか」とクレームがつき、改訂しなければ上演禁止にすると言ってきた。座主の佐々木は「とんでもない。國學院出のすこぶる温厚な青年です」ととりなして事なきを得たという一幕もあった。その後も上演禁止となった脚本はいくつかあるが、そのうち係官とも親しくなり、検閲スレスレの線まで試しては、当たったり外れたりを楽しむ余裕すら出てきた。そして九月十九日、伊馬の代表作となる「桐の木横町」を発表。その初日の様子を劇作家の旗一兵はつぎのように書いている。

「伊馬鵜平」のペンネームで書かれた台本

「佳篇『桐の木横町』がヒットしたその初日、ムーランの経営者佐々木千里氏が三階席のてっぺんから走り降りてくるや、伊馬氏の手を握って、『大傑作だよ。脚本料がタマっていたね。すぐ払うよ』と満面に笑みを見せたそうだ」（「新宿百選」別冊ムーランルージュ特集号）。

「桐の木横町」をかいつまんで紹介しよう。

横町には桐の木をさかいに五軒の家が奥へと並び、それぞれ身分も職業も違う人たちが住み、ひとつのコミュニティを作っている。一軒目は大家さん、二軒目は無免許医の病院、三軒目は学校の先生、四軒目は自立した女性と男性の共同生活、五軒目は新宿のダンサー三人の合宿所。日常の何気ない生活のなかにしのびよる戦争の影。それは「非常時」「国民精神の作興」「思想の善導」といったセリフに現われている。

各家の庭には敷石があり、三軒目の学校の先生がなぜかその敷石をよけて歩く。なぜかと尋ねても、よくわからないと答えるのだった。伊馬はその答えを共同生活する若い男女に言わせている。

郁子　あんた、どうして飛び石の上を歩かないの。これはちゃんと、この上を歩くようにできているのよ

早男　そんなことないよ。単なる装飾だよ

郁子　違うわよ。或る思想家はかう解釈していたわ。郊外は宅地に不必要に多いとこ

ろの飛び石様の混凝土は、恵まれないサラリイマンが胸を張って靴音を立てて、せめてここでだけ優越感を味わうためのものだって。だからあんたも、歩くだけ歩いたらどう？

早夫　僕はその反対だよ。丸の内界隈で厭というほど、石の上を歩かされてるだろう。だからせめてここだけでは、黒土の上が踏みたいね。この上を歩くと、却って僕はみじめな自分の姿を思い出させられるんだよ

最後は人間の上下に関係なく皆が助け合う、そんな人々の顔を明るく夕日が染めて、幕。「桐の木横町」は大当たりを取り、伊馬の住んでいる天沼の路地はそれから「桐の木横町」と呼ばれるようになった。十月に「猫と税金」、十一月に「白系ロシアの未亡人」、十二月「ネオンの子たち」、翌年一月「改正通り六丁目」、三月には、学生時代の下宿先・宮仲の印象にもとづいて書いたという「かげろふは春のけむりです」と、次々とヒット作を発表。この舞台を見た新協劇団の村山知義は伊馬のことを「日本のルネ・クレール」と絶賛し、伊馬の名前は一躍有名になった。ルネ・クレールとは当時「巴里の屋根の下」「自由を我等に」、「巴里祭」などの映画が公開され、その叙情性豊かな作風で人気があった映画監督・脚本家だ。さすがに村山の目は鋭かった。じつは伊馬にとっても「巴里祭」は特別の思いがあったのだ。

伊馬鵜平を名のっていたころ、いくたび私はこの「巴里祭」の画面に飽かず眺め入つたことであろう。極言すればムーラン・ルージュの市民劇は、「巴里祭」から生れたといえないこともない。すくなくとも私自身は「巴里祭」によつて、一つの灯りを点ぜられたことはたしかなのだ。（中略）再度見たとき、目頭がじんとくるほど一つ一つのカットを覚えていた。どうしてこうまで、いちいち覚えているのか、すでに肉体の一部になつていたことを知らされた。（伊馬春部『土手の見物人』）

プロレタリア演劇の指導者である村山知義は昭和七年の五月に検挙され、八年の暮れに保釈で出て来たばかりだった。九年六月十二日、村山は築地小劇場で伊馬の「閣下よ、静脈が……」を演出・上演して「新劇大同団結」を呼びかけ、同年九月十二日に「新協劇団」を結成。久保栄・滝沢修・小沢栄・宇野重吉・原泉・細川ちか子・三島雅夫などが名を連ねた。伊馬もこれを機に新協劇団文芸部の一員となった。もともと新劇を目指していた伊馬は、ムーラン調といわれる演劇にあきたらず、村山の「芸術的な魅力ある演劇」の創造に賛同し参加した。「閣下よ、静脈が……」は、当時新劇界のベテランが各劇団から総出演し、後の新劇大同団結の一つのきっかけともなっていることから、伊馬にとっても思い出深い作品のようだ。

出世作「桐の木横町」は再演・再再演されて大当たりをとり、ムーラン・ルージュの最盛期を作るきっかけとなった。劇作家・内村直也もファンの一人で、「彼の作品がかかると、劇場は常に満員であった」(「サンケイ新聞」昭和五十八年一月十日)と語る。

文芸部も充実し、「キネマ旬報」の批評欄には一作ごとにとりあげられ、それによって観客の注目度も増した。伊馬の脚本に対して好意的な批評が雑誌や新聞にのり、ファンも増えていく。寝る間も食べる間もないほどの忙しさだったが充実していた。伊馬作品を主軸に、次第に「ムーラン調」という一つの形ができあがっていった。それは特にドラマチックなものはなく、淡々と日常をスケッチ風に描きながら、風刺や哀愁、笑いがほどよく配置されている。押し付けもあくどさもなく、さらりとした品のよさがムーランの特徴となった。「ムーラン・ルージュの人気は、爆笑スターで売る浅草のドタバタ喜劇とは異なり、伊馬鵜平ら若い文芸部員の書く都会的で軽妙洒脱な風刺的な作品によるものでした」(「新宿歴史博物館常設展示図録」)と評価される。

当時の「桐の木横町」

「台詞の一言一言が、打てば響くように感受して貰えたことは今おもつても忘れることのできない激励の鞭だつた。このような反応あればこそ、一作はさらに一作と、領域を広めることができたのである」（「ムーラン・ルージュ小史」）と、脚本家と批評家が見つめ合う緊張感が自分を育てた、と伊馬は振り返る。伊馬の作品は、抒情的な日常のスケッチ風作品と、風刺性・社会性の強い作品のふたつの面をもち、自在に書き分けていた。

ムーラン・ルージュの脚本はいい、おもしろい、文芸部は新鮮だ、優秀だといわれ、学生やサラリーマンを魅了して、「空気、めし、ムーラン！」のキャッチフレーズのもと、劇場は大学ごとに座る場所が決まっていたほど、若いインテリ層でいつもいっぱいだった。「早稲田側・慶応側・東大側などちゃんと決まっていた。軍事教練の帰りにだって、剣付き鉄砲をこう置いてみるんだから……。だからバラエティの時に、ひととおり六大学の応歌を歌わなければならなかったくらい」（「STEPIN新宿」）と、伊馬にとっても懐かしい思い出だった。

客席には菊池寛、川端康成、高見順、吉屋信子、志賀直哉、斎藤茂吉などの顔が見え、夜八時からの割引を見ようと長蛇の列ができた。

文芸部仲間の山田寿夫は、「私たち――斉藤豊吉青年、伊馬鵜平青年、島村龍三青年、それにわたし（もちろん、青年）たち文芸部員のメンメンは十日目毎の千秋楽の夕刻ともなれば、肩を組んで、ムーランの楽屋から武蔵野館横の須田町食堂へ足を運んだ。そこで一つ鍋十七銭のモツ鍋をつっつき一本十五銭（？）のお調子を傾け、自宅で書きあげて来た脚本の内容を熱っぽく語り合いそして最後には、医者殺しと称してモツ鍋の残り汁に湯を注いで、一滴余さずそれを呑みほしてスタミナをつけると、再び肩を組んで楽屋の文芸部室に引揚げ、机に向うのだった」。ときには原稿が間に合わず、ガリ版の原紙に直接書くこともあったという。

昭和十年といえば伊馬は二十六歳、仕事も一定の評価をされ勢いにのった青春真っ盛りである。ここで数少ない恋の話にふれないわけにはいかないだろう。

ムーランの人気はなにも文芸部だけではない。芝居はもちろんだが、歌あり、踊りありの構成で、なんと言っても若い踊り子目当てのファンが多かった。踊り子はいまでいうアイドル的存在で、明日待子・水町康子・外崎恵美子・望月美恵子（優子）・そしてのちに「寅さんのおばちゃん」でお茶の間の人気者になった三崎千恵子もその一人である。なかでも明日待子と望月美恵子は熱狂的なファンが多く、人気を二分していたという。伊馬は自分の芝居には明日待子を使うことが多かったが、ひそやかに恋心を抱いたのは望月だった。

望月が浅草のカジノ・フォーリーの踊り子からムーランに入ったのは昭和十年で、芝居の方にも出ていた。伊馬はこっそりと望月の化粧前に走り書きを入れて喫茶店に呼び出し、読書をすすめ、新劇の舞台を一緒に見たり、二人の時間を楽しんでいた。望月は伊馬によって「新劇というものに開眼させてもらった」と語っている。井伏鱒二の小説もすすめられてたくさん読んだ。しかし、文学の話、演劇の話と、いろいろな話をするばかりで、二人の仲はいっこうに進展しないのだ。

「それを知って紀伊國屋の田辺茂一さんが、二人を呼んで食事させ、伊馬さんに求婚の言葉を期待したというが、この日、伊馬さんはコチコチに固くなって、とうとう何もいわず、望月嬢のほうが白けて先に席を立ち、首尾は散々であったと聞いた」、何か思い切ったことをするのが億劫な人だったにちがいないと、戸板康二は『あの人この人　昭和人物誌』に書いている。

望月の自叙伝『生きて愛して演技して』のなかで、そのときの二人の関係は「恋愛であるかどうか自問自答したことだって何度もありましたが、矢張り女優として育てられていると思った方が正しいようでした」と振り返っている。若い二人の不器用な恋の形が見えてくるようだ。

そんなとき、望月に伊馬の母（継母）から呼び出しがかかった。午前八時、上野公園西郷さんの銅像の前という指定である。どこで聞きつけたのか、継母は「これ以上、伊馬を誘惑しないでほしい」と、つまり別れてほしいという話だった。

それから間もなく伊馬はムーランをやめて、映画界に新風を送っていたＰＣＬ映画（のちの東宝映画）へ移り文芸部嘱託となり、望月も同じころ有楽座で旗上げしたロッパ一座に参加して、別の人生を歩み出す。

横倉辰治は著書『わが心のムーランルージュ』のなかで、つぎのように当時の望月を評している。「私の印象では望月美恵子ほど大勢の男性に憧れられ、恋された少女というか女性を知らない。そして彼女の方が満更でもない場合でも、恋が成立しない女性も知らない」。表面の人気や見た目とちがって私生活では孤独だったのかもしれない。望月が唯一、婚約まで交わしたムーランの俳優も、応召されてレイテ島でマラリアに倒れ病死している。

阿木翁助がムーランにはじめて脚本を書いたのは昭和九年の秋で、すでに伊馬は批評家の評判もよく、ムーランの屋台骨をささえる一人になっていた。昭和八年にムーランの「文芸部員募集・脚本持参」の新聞広告を見て、阿木は応募したのだ。

阿木は翌九年に採用された。応募の脚本を読んだのは伊馬であり、阿木翁助というペンネームをつけたのも伊馬だった。阿木はそれまで築地小劇場のプロレタリア演劇研究所で学び、新劇の脚本を書いていた。伊馬の作り上げたムーラン調は、阿木などの参加によって新劇にも通用する骨太なものとなっていく。

その阿木が「伊馬春部という人」のなかで、「(伊馬は)子供を描く事において、新しい境地をひらいた。いわゆる児童劇、お伽芝居は昔からあったが、大人の芝居の中で子供を活躍させる事は、新派劇の〝お涙頂戴〟のようなものでしかなかったのだ。伊馬さんは〈ムーラン〉の踊り子を男の子に扮させて、実に生々とした子供の生態を描いたのだ」と書いている。

長谷川如是閑はムーランの舞台を見て「あれは軽演劇ではなく、新喜劇である」と評したというが、伊馬が求めていたものも、アチャラカの軽演劇ではなく真の喜劇・コメディであった。昭和九年六月に伊馬らは「新喜劇集団」を立ち上げて演劇公演を行うなど、新喜劇運動に積極的に取り組んでいる。エロ・グロ・ナンセンスではない、脚本の文学性に重きを置いた真の喜劇《コメディ》の創造を目指すものだった。翌年の十月に自分たちの理想とする創作喜劇の発表を目的に、雑誌「新喜劇」を発刊。同人として名を連ねたのは中村正常・菊田一夫・阿木翁助・秋田實・穂積純太郎・八住利雄・佐伯孝夫など三十人以上。十一年八月には、島村龍三を中心に結成した「劇団新喜劇」による旗揚げ公演に、伊馬は「地下街で拾った三万円」を書いた。しかし、十五年に雑誌「新喜劇」は廃刊となる。新喜劇運動の目的を引き継ぎ「一幕物研究会」の名で再編されたのだが、なぜか伊馬の名前はない。

新喜劇集団と同時期に「この国に育ちにくいユーモアやナンセンスを、純文学の中に表現したい」と、伊馬をはじめ吉行エイスケ・井伏鱒二・獅子文六・サトウハチロー・中村正常らは「ユーモア作家倶楽部」を結成した。しかし、軍部が戦時体制を進めるにつれて言論統制はいっそう厳しくなり、あれもダメ、これもダメ、戦意高揚ものを書けと強いるようになっていく。まず中村正常が「軍の干渉に嫌気がさした。書く意味がない」とペンを捨ててしまった。

昭和九年も後半になると伊馬の作品に対して期待が大きいぶん、批評家からも辛口の意見が多くなってきた。「キネマ旬報」より拾ってみると、「伊馬鵜平は十字路のまん中に立ってぼんやりとどっちへ行かうかと迷ってゐる形だ――この作者の最近の不順な原因は、かうした作者の迷ひと到らなさにあるといへよう」(岸松雄、昭和十年七月一日)、「私が伊馬氏の作品に於ける最も大きな欠点と信ずるものは、凡てに対する弱さである。先づ第一に構成力が弱い。把握力が弱い。迫力がない。内容がない。葛藤がない。クライシスがない。何かありさうで、何ものもない。弱いづくしであり、ないないづくしである。私から言はせれば、ドラマトルギイの上から言つて、かうしたことは最も大きな致命的な欠点であると思ふ」(蘆原英了、昭和十年六月一日)とある。

新しい可能性を求めたのか理由は定かではないが、昭和十年の夏、「葉書少女」を最後にムーランを離れた伊馬だが、脚本の提供はその後も続けている。同じ年の秋には山田寿夫・穂積純太郎もほかの劇団へ移り、ムーラン創生期の作家たちは新旧交代をした。昭和八年から十年は「ムーランの黄金時代」と呼ばれ、伊馬はその二年間でおよそ四十本の脚本を書いた。

翌十一年二月に二・二六事件が起こる。伊馬はその日のことを鮮明に憶えていた。その日、ムーラン・ルージュへ向かう電車のなかで大宅壮一と偶然出会った。大宅はテレビジョンの出現で国民「一億総白痴化」と嘆いた評論家であるが、ムーランのファンで時折声をかけられ、会えば親しく口を利き合う関係になっていた。

「たいへんな事が起こりましたね」

伊馬は声をひそめて言った。大宅は黙ったまま、何のことだという表情をしている。

「今日の夜明け、うちの近所の渡辺教育総監が暗殺されたんです。兵隊がトラックで私邸に乗りつけて来たんだそうです。出入りの酒屋の若い衆が知らせに来てくれたんですが……」

一瞬、大宅は声をのみ、しばらくそのままだった。伊馬は天下の大宅壮一に二・二六事件の第一報を伝えたのだ、と気がついて興奮したという。いつ何が起きるかわからない、そういう時代でもあったのだ。四月には国号が「大日本帝国」に統一された。

昭和十年以降の伊馬は、「塀の一生――女子哲学専門学校建設敷地予定地」、「駅長おどろく勿れ」など、現実風刺とメッセージ性のつよい脚本をムーランに提供。文芸部を去ったとはいえ、観客は伊馬の作品を期待し待ち望んでいた。戦局は日に日に泥沼化してゆき、人々の暮らしにも「パーマネントはやめましょう」、「一汁一菜」、「享楽廃止」など統制の目が厳しくなり、自由を奪われていった。伊馬のそのころの作品には、人々の逼塞感を背景に一筋の風を送るような諷刺と、助け合い思いやりを織り込んだ作品がならんでいる。

戦時下であるが、明るく嬉しい健全娯楽を提供したいと思っていたが、戦時色は生活のなかまでしのびより、一億総軍国主義に傾いていくなかで、一作家の抗いなど押し流され巻き込まれてしまう。伊馬は十一年十月から十九年九月の「夕刊酒場」までの間、十四年の「非従軍作家」の一作しか書いていない。十九年十二月の「寮母日記」が戦前最後の作品となった。

迢空に指導を仰ぐ短歌結社「鳥船」から続く友人・戸板康二は伊馬の作品を欠かさず見てきたひとりである。

夕刊を買うために町に出かけて、ビールの行列についた話だの、疎開児童のいる村に父兄がひそかに訪れて、狐のおみやげだというふりをして贈り物をおいてゆく話だの、そういう芝居をおぼえている。当時の敗戦的風景であったが、それを短編としてとりあげ、微笑と哀愁、批判と写生がさわやかに入りまじったあたりに、ムーラン・ルージュのエスプリがまだ脈々と生きていた。

もっとも種明かしをすると、今紹介したのは、「夕刊酒場」「寮母日記」という作品で、作者は「桐の木横町」以来の伊馬鵜平（いまの春部氏）だったのである。戦争文学という言葉に、前線にあらざる銃後の作品がふくまれるとするならば、こういう戯曲も挙げておく必要があるのではないだろうか。（「戦中戦後」）

昭和十年七月に始まった支那事変は、十二年七月に盧溝橋事件が起こり、十四年には日華事変へと拡大して日中の全面戦争へ突入していく。街の至るところに「贅沢は敵だ」の看板が立てられ、あれもこれも「廃止」「中止」となり、食料品も生活用品も配給制になって統制されていった。

ムーランのバラエティの歌もジャズは禁止され、国民歌謡か軍歌に変えられた。昭和十七年には敵国語はすべて禁止となり、大学野球の審判が「セーフ・アウト」を「よし・駄目」に、文部大臣の命令によって変えられた。教会は讃美歌の代わりに日本の国歌を歌わせられた。ムーランのバラエティは「音楽作文」に、ジャズダンスはまかりならぬ、踊り子のスカート丈は膝の下まで、衣装から公演種目その他の細かいところまで、検閲は日増しに厳しくなった。十九年一月にムーラン・ルージュも「作文館」と改める。文芸部員は次々と召集されて、書く人間がいなくなっていく。その空白を埋めるために、退団した伊馬や菊田一夫などに協力を求めてきた。踊り子もモンペ姿で楽屋入りして、毎日のように防空演習に参加していた。

東京も米軍機の無差別爆撃をうけるようになり、空襲警報のサイレンに脅える日々が続く。ムーランの観客層である学生やサラリーマンも、いつ戦場へ狩り出されて死んでしまうかもしれないのだ。いま楽しんでおかなければ明日の保証などはない。そんな切羽詰った思いが、劇場へと足を運ばせていた。銭湯の営業も、昭和十九年末から三日に一度、さらに五日に一度になり風呂にも入れなくなった。踊り子たちも空襲警報のサイレンと、いつ爆弾が落ちてくるかわからない緊迫した状況のなかで、観客と一体になって舞台に立っていた。

伊馬は「見物も鉄カブトにゲートル巻きの防空服装、サイレンがなれば公演は中止して待避し、B29の大編成、それを迎え撃つ友軍機の奮闘を、M・Rの廂の下から大ページェントでも見るように劇団員と共に見上げた印象は、いまだに頭の中に焼きついている」と「ムーラン・ルージュ小史」に書く。

また作家・田村泰次郎は、「戦地へ往ってからも、私はいつも、『ムーラン・ルージュ』のステージと、そこに活躍した女優たちを、眼さきに思い浮かべることで、自分の胸を温めた」(「瞼のなかの赤い風車」)というように、同じ思いの人たちが戦前のムーランを支え続けたのだった。

昭和二十年三月、ついに三十七歳の伊馬にも召集令状がきた。思い出深いこの舞台にもう一度戻って来れるのか、数々のドラマを刻んだ舞台の上でみんなに歓送されて、伊馬は大陸へ発った。それからわずか二カ月後の五月、「ムーラン・ルージュ新宿座」は空襲で焼失した。

戦後のムーラン・ルージュ

戦争も終わり、一人二人とかつての文芸部員が復員してくると、「白馬会」と称して佐々木千里の御殿場の別荘に集まって来た。伊馬は昭和二十一年一月、青島から復員。その年の十月には、ムーランの焼け跡に建物ができて、佐々木千里は劇団「小議会」を発足させた。伊馬をはじめ、かつての文芸部員が集まってムーランの再興を夢見たのだが、一度灰に帰したものはすぐには元に戻せず消滅した。しかしそれとは別に、翌年四月、宮阪将嘉・三崎千恵子夫妻が中心となってムーラン・ルージュがよみがえった。作家では中江良夫が孤軍奮闘し、香椎くに子・利根はる恵・楠トシエ・由利徹・市村俊幸などのスターを輩出した。満州から引き揚げてきた森繁久弥も加わった。「森繁さんはムーランの舞台で主役を張り、すっかり売れっ子になりました」（「この道」連載第六十四）と三崎千恵子は語る。

戦後になると急速にラジオやテレビの時代となり、庶民の娯楽は変化して行った。数々の名作とスターを輩出し、庶民史の一ページを彩ったムーラン・ルージュも、再興後の昭和二十六年、ついに二十年の歴史の幕を閉じた。しかし、と三崎は言う。「元ムーラン・ルージュの役者だけでなく、作家陣を含めた同志のほとんどが、各放送局の仕事にかかわり、新しい世界へと飛び込んでいきました。バラエティだ、軽演劇だ、レビューだ、歌だと、テレビ創成期の番組の多くはムーランの舞台のいわば『テレビ版』といっていいようなものでした」

「ムーラン・ルージュ新宿座」外観（写真提供：新宿歴史博物館）

三崎が言うように、戦後のラジオ・テレビを支えたのは、作家では伊馬をはじめ菊田一夫・穂積純太郎・北村寿夫・阿木翁助などが輝かしい活躍をみせた。

男優陣は森繁久弥・有島一郎・左卜全・由利徹、女優陣では明日待子・望月優子・千石規子・楠トシエなど、ムーランが生んだ数々の名優たち。スタジオはまるで同窓会のようだったという。

伊馬の戦後の第一作は「泥まみれの神話」である。短い戦争体験だったが、戦前の「モダンで諷刺の利いた軽いドラマ」と評価されていた作風とはあきらかに違ったものだった。声高な怒りとは違うが、嘆きや悲哀が強く滲んでいる。戦禍を受けた庶民や、巻き込まれた人たちへのやさしさが、ユーモアの中から伝わってくるのだ。

伊馬が青島から引き揚げてきて、北九州小倉の妻の実家に落ち着いたその間に書いた……というより、書かずにおれなかった一作ではないだろうか。脚本の最後に「二一・三・七・小倉の仮寓にて――熊本文芸座のために――」と書き添えてあった。

舞台一面、市街（地方の中都市）の焼け野原が舞台。大陸から引き揚げてきた父娘が叔母の家をさがしているところから始まる。住む場所も食べ物もない焼け出された人たちとのふれ合い、出会い、様々な人生ドラマを父娘は知るのだった。それこそが泥まみれ灰まみれの神話であった。

作中、紙芝居の男の歌に、伊馬の苦渋が滲む（三文オペラ〝めっき・めっさ〟の曲にのせて）。

皆さん　それは　真夏の　或る日
昼寝の　夢から覚めたら　戦ひは　終わってたつけ

戦争が　終わったのはいゝが　気がついて　みたら
四等の　国民に　いつの間にか　なり下つてた

なんとはや　訝しな気分だが　愕くのは　まだ早い
呆陀夢　宣言といふ　開闢以来の　衣がへ

朝鮮も　台湾も　樺太までも　お返し申し
大陸には　たゞの一人も　住ませないといふ　つれない話

そりや聞こえませぬ　と言ってみても
もう駄目（プシン）　万事休矣（メイユ・ファーズ）
お迎えの　舟艇が　続々と　やつて来る

引揚げだ　復員だ　人口は　増すばかり
なけなしの　食糧は　毎日　減るばかり

父親の夢の話がおもしろくて怖い。大陸で女学校の教師をしていた父親は、何もかも失って途方に暮れるばかり。そんな父親に娘が言う。

「頭の切りかえよ、すべてね」

その夜、父親は「脳味噌のクリーニング屋」を始めた夢を見る。その名も「脳味噌御詰替処」。並べた瓶のなかには、それぞれに「民主主義の素」「自由主義の素」「履き違へた自由主義の素」「共産主義の素」「日和見主義の素」「封建主義の素」「保守主義の素」「社会主義の素」「無政府主義の素」「虚無主義の素」などがあり、客の求めに応じて脳味噌を入れ替えてやる商売だ。第一号の客である将校らしき復員者には、カビだらけの軍国主義から「民主主義の素」八〇パーセントにいくつかの素をブレンドして入れ替えてやる。復員者は「あ、、頭がすうつとした。なんといふ晴々した気分だらう。軍国主義の脳味噌といふものは、こんなにも重苦しいものだつたのですかなあ。今にして始めてわかりましたよ」と喜んで帰っていく。さてつぎの客は……。

この時代だからこそ、いや戦地から戻ってきたばかりの伊馬だからこそ、書けた脚本だった。しかし、この作品が上演されたのかどうかは定かではない。

前述の戸板康二の言葉を借りると、「戦争文学という言葉に、前線にあらざる銃後の作品がふくまれるとするならば、こういう戯曲も挙げておく必要があるのではないだろうか」とあるように、この作品もまさにその評価に値すると思うのだ。

伊馬と同郷で文楽人形を描く画家・小田次男は、戦前中野区に住んで大学に通っていた。毎週のようにムーランに通い、とくに同郷とも知らず伊馬のものが好きで、欠かさず観ていたという。観客は二十歳以上の学生や若いサラリーマンでいっぱいだった。

「八時過ぎになると割引になるので、本当に好きな人が並んで待ってました。いつも私の五～六人前に、ズバ抜けて背の高い男が並んでいました。まだ助監督時代の黒澤明で、ムーランの大ファンでしたね」

小田は伊馬の舞台を目に焼きつけて入隊。終戦後シベリアに抑留されて、昭和二十四年に引き揚げてきた。県職員として勤めるかたわら、昭和四十七年に出合った文楽人形に魅かれ描き始める。五十三年に初めて銀座三越で個展をやったとき、その会場へひょっこり現われたのが伊馬春部だった。あのムーランの鵜平がその人だったと知った小田は、感激の対面をする。伊馬は病後で痩せ体力も弱っていたが、

「自分と同じ故郷から、こんなにうれしいことはないよ」

と小田を激励した。それから第三回までの個展を毎年観にきてくれていたが、その三年後に伊馬は亡くなった。

荻窪——井伏鱒二と太宰治

大正十五年三月、旧制鞍手中学校を卒業した伊馬は上京し、巣鴨の宮仲に下宿してそこから渋谷の國學院へ通っていた。昭和四年ごろ、阿佐ヶ谷に下宿していた中学の級友・永富勘四郎を訪ねたとき、郊外のその町がすっかり気に入って、すぐにでも住みたいと二人で下宿を探した。四畳半一間だったが、「阿佐ヶ谷駅からまっすぐ電信隊の原っぱを横断して十五分あまりのところ」（伊馬春部『土手の見物人』）にある天沼一丁目の下宿へ移ってきた。折口が「ヲリロ」と名前をシャレて電報を打って呼び出したころの下宿である。

東京外語大学に通う永富は、一足先に卒業して就職した。サラリーマンになった永富が飲み代を受け持ってくれるようになり、伊馬の阿佐ヶ谷暮らしもぐっと豊かになった。

永富の月給は六十五円（当時としては割りに良い方）、二人は下宿を行き来しながら、武蔵野の丘や原っぱを散策したあと必ず「ピノチオ」へ行くのが楽しみだった。

「散歩の帰りはどちらからともなく約束事のように立ち寄るのが、阿佐ヶ谷通りの中華の店〝ピノチオ〟、生ビール・しゅうまい・ふようはい・炒飯。よく飲み、いかにも美味そうに喰う彼。いつも勘定は勿論私の方」（「四鞍会誌」八号）と永富。「僅かなその昔の私のもてなしをいついつ迄も恩に着て、私への手厚い彼の処遇、対応には頭がさがり、律儀な立派な人格をみたものである」

のちにピノチオで永富は井伏鱒二と話すようになり、短編小説「川」のなかに登場する「ドイツ語講師の若い事務員」のモデルになっている。

阿佐ヶ谷駅の北口にあった中華料理店「ピノチオ」は、作家・永井龍男の兄が営む店で、阿佐ヶ谷・荻窪に集まる知識人や文士たちの溜まり場になっていた。いつも誰かがいて、安い値段で食べて飲ませてくれる。伊馬が生ビールの味をおぼえたのもピノチオだった。そのころの伊馬は卒業を間近に控え、文学の道に進むか就職するか選択を迫られていた。

伊馬がはじめて井伏家を訪ねたのは、卒業をひかえた昭和六年のことだった。文芸部が発行する「渋谷文学」同人で一級下の千阪正三が、井伏鱒二の「朽助のゐる谷間」をぜひ読めと、掲載された「創作月間」を貸してくれたのがきっかけだった。伊馬はその一作で井伏文学の虜になってしまった。さらに『夜ふけと梅の花』『なつかしき現実』とむさぼるように読み、ますます井伏に惹かれていった。戦後、伊馬は「朽助のゐる谷間」をラジオドラマに脚色して好評を博している。井伏作品のユーモアと寂しさ、貫いている作家の姿勢、日本の良さ・頑固さをやわらかく描く作風に、伊馬は自分の目指すものを見つけたのかもしれない。幸いなことに天沼の下宿の近くに井伏の家があった。

井伏鱒二は明治三十一年、広島で生まれ、早稲田大学を卒業すると出版社に就職するもすぐに辞めて、文筆活動に入った。しかし評価されるのはずっと後になってからだ。昭和二年に荻窪に引っ越して来た翌月、秋元節代と結婚。結婚した井伏夫妻の合言葉は、「せめていさぎよく貧乏しよう」だったという。

関東大震災を境にプロレタリア文学が台頭して盛んなころで、「左翼にあらざれば文学者に非ず」といった時代の風潮があった。昭和四年の紀伊国屋書店の店頭には、「全日本無産者芸術連盟」の機関誌「戦旗」が月一〇〇〇部、プロレタリア文学の中心的な雑誌「文芸戦線」が月八〇部が並んでいたが、左翼とは関係のない「文芸都市」は月にわずか七部だった。その年に注目されたのは、島崎藤村の『夜明け前』と小林多喜二の『蟹工船』である。芸術派の文士たちは酒でうさをはらし食えない日を送っていた。原稿依頼も来ない文学青年たちがヒマを持てあまし、自然に井伏のまわりに集まってきて、しゃべったり将棋を指したりして時間をつぶしていたのだった。

その集まりから「阿佐ヶ谷将棋会」が生まれたのが昭和四年ごろで、「阿佐ヶ谷将棋会は主に文学青年窶れした者たちの集まり」と井伏鱒二は『荻窪風土記』に書いている。文学青年たちは将棋だけではなく酒を飲み、骨董を愛で、旅に出かけ、親密な文士同士の時間を共有していた。メンバーのひとり大村彦次郎は、「井伏は若い頃から、自分を控え目にして生きることを心がけた。急ぐ人はどうぞお先に、という姿勢をとった。だが、それでいて、井伏の抜きん出た才能といぶし銀のような隠れなき個性はクロウト同士には分かったから、吸い寄せられるように周囲に人が集まった」（青柳いづみこ・川本三郎『「阿佐ヶ谷会」文学アルバム』）という。

そのころ、世田谷方面は左翼作家が多く、大森方面は流行作家が住み、新宿郊外の中央線沿線には三流作家が集まると言われていた。関東大震災ののち、東京が西へ西へと発展して行き、郊外には新開地の若さと自由な雰囲気があった。文学を目指してもまだ食えない文士の卵が、家賃も安い郊外の地へやって来る。井伏がいて、新宿も近い。そして文士が集まれば、また文士が集まって来る。無声映画の花形弁士・徳川夢声も昭和二年に天沼に移り住んでいる。文士も新聞記者も雑誌の編集者も同じ町内の住人となり、私生活でも親しく付き合うようになる。同じ銭湯の湯船に浸りながら、飲み屋で一杯傾けながら、あるいは垣根ごしに原稿依頼や原稿料の受け渡しをするなど、人と人のつながりを第一にした時代でもあった。

伊馬は昭和六年に大学は卒業したものの不況のさ中で職はなく、まさに「大学は出たけれど——」だった。井伏の家を訪れてゲラの校正を手伝ったり、出版社に原稿を届けたりして時間をつぶしながら、井伏のそばに居るだけで充実していた。後年、井伏の妻・節代は「折口先生のお名が出ると井伏はやきもちをやいていやな顔になり、（伊馬は）折口先生のお名をおっしゃらなくなりました」（『井伏鱒二全集』月報）ともらすように、井伏もまた伊馬を可愛いがっていた。社会人の小山祐二、学生の中村地平、檀一雄らと知り合ったのも井伏の家であり、若い彼らとすぐに親しくなった。

「訪問しても、よもやまの雑談をうかがうだけであったが、そのたびに極度の刺激をうけて帰るのが常だった。なんとなく生き甲斐を感じ、今の俗語でいえば、はりきらざるを得なくなるのである」と伊馬は振り返る。

ところが卒業した伊馬に予期せぬことが起こった。継母が九歳の義妹・哲子、そして十七歳になった弟・勘八郎を連れて九州から上京し、伊馬と同居を始めたのだ。伯父たちの反対を押し切っての継母の行動だった。伊馬は戸惑い、逃げるようにふるさとの伯父の家に戻ったものの、父母亡き後兄弟を引き取り、伊馬の学費を出して進学させた伯父は怒り、絶縁を言い渡され、六月に再び上京した。伊馬は継母たちと離れ天沼に一戸建を借りて、以前知り合った保険会社々員と自炊を始めた。就職の当てもなくただ小説や脚本を書いたり消したりしながら、新聞の求人欄に目を光らせる毎日だった。「せっかく集めた国文学関係の貴重な書物が一揃いづつ次々に消えて行ったのはこの頃である」（「ムーラン・ルージュ小史」）。暗い生活を送っていた。

そんなある日、大きな石鹸会社の広告文案係の求人広告を見つけた。今でいうコピーライターである。一日も早く生活費を稼がなくてはならない。文案と文章はまったく別のものではないのだ、と自らを納得させた。

「それからはボクのナミダグマシイ勉強がはじまった。まずその工場見学に出かけ、石けんの製造工程をいちおうアタマに入れた。つぎは新聞縮刷版を借り出し、その会社の広告の変せんぶりをシサイに点検して分類整理、ノートをとる」（『土手の見物人』）。さらに東京中のネオン広告を見てまわり、点滅のしかたから色彩や特徴にいたるまで頭に入れて万全のかまえで入社試験にのぞんだ。一、二次は通り最後の口頭試問だけである。結果は不採用だった。完璧な準備をしていただけに、悔しさで地団太踏む思いだった。

ところでその石鹸会社に関して後日談がある。昭和九年にＰＣＬ映画で「只野凡児　人生勉強」の脚色をしたとき、わざわざ入社試験のシーンを入れてそのときの口頭試問を再現し、溜飲を下げてやったのだ。それだけではない。さらにおまけがあった。後年、その石鹸会社がスポンサーになって提供する番組の、レギュラー執筆者の一人に選ばれたのだ。もしあのとき採用されていたら接待する側にいたかも、と伊馬自身がおもしろがっている。

井伏は職もなく収入もない伊馬の窮状を見かねたのか、脚本を書いてみないかと熱心に勧めた。そして新興芸術派の仲間で、ムーラン・ルージュ創立の文芸部顧問をしている楢崎勤・吉行エイスケ・龍胆寺雄の三人を紹介してくれたのだ。早速、ムーランへ出かけ初めてコメディを見た。これなら書けると思い、すぐに五本の台本を書いて楢崎のもとに届けた。

伊馬がムーラン・ルージュの文芸部に籍を置くことになったのは昭和七年の二月である。翌八年の三月に「伊馬鵜平」の名前で書いた台本が上演され、看板作家への道を歩き出す。一つの上演台本が刷り上るごとに、伊馬は「ピノチオ」のテーブルの上にそれを置いて愛撫するほどうれしかったという。「常連の人たちとも親しくなり、今度のストーリーはと語らせ、我が事のように関心を持ち、必ず舞台を見に来て激励してくれた」(『「阿佐ヶ谷会」文学アルバム』)。

井伏家で太宰と初めて会ったのはこの年である。太宰は東京帝国大学仏文科に籍のあったころで、いがぐり頭で「金ぼたんの学生服の膝を窮屈そうに折って、やや猫背にかしこまっていた」(井伏鱒二『荻窪風土記』)。こちらは津島君(太宰治)、こちらは久丸君(伊馬春部)と、井伏は二人を紹介した。

井伏が言うには、「阿佐ヶ谷将棋会の人たちのうち、はつきりとまだ文学青年窶れしてゐなかつたのは、大学生であつた津島修治(後に太宰治と改名)伊馬鵜平(後に伊馬春部と改名)中村治兵衛(後に地平と改名)それから、学生生活を切りあげて新婚生活に入りたての神戸雄一であつた」。初々しく世間ずれをしていない太宰・伊馬・中村を「井伏門下の三羽ガラス」とみんなは呼んでいた。

太宰は明治四十二年青森県金木村に生まれる。昭和五年に東京帝国大学仏文科に入学し、上京して戸塚諏和町に下宿していた。井伏を知ったのは、弘前の中学時代にさかのぼる。大正十二年七月、井伏の「山椒魚は悲しんだ」で始まる処女作「幽門（山椒魚）」が発表されたとき、中学一年の太宰は、「坐っておられなかったくらいに興奮した。……私は埋もれたる無名不遇の天才を発見したと思って興奮した」（太宰治「もの思う葦」）というのだから、その文学的早熟さをしのばせる。興奮覚めやらぬ太宰は井伏に再三手紙を出した。上京してからは面会申し入れの内容になり、井伏が無視していると「会ってくれなければ自殺してやる」という思いつめた文面に変わり、初対面の際、井伏は万が一を警戒していたという。将棋の好きな太宰は「阿佐ヶ谷将棋会」のメンバーでもあった。阿佐ヶ谷会が行われる日には、夜から始まるというのに昼過ぎから落ち着かず、井伏家の近くでうろうろするほど楽しみにしていたらしい。太宰は生涯一貫して井伏を信頼して師と仰ぎ、敬愛してやまなかった。また井伏も太宰のよき理解者であると共に、物心両面にわたって支えている。

太宰が、「東京日日新聞」に勤務し弁天通りに住む飛鳥定城の二階に引っ越して来たのは昭和八年の二月で、「サンデー東奥」に小説「列車」を発表したころだ。初めて「太宰治」のペンネームを使った作品である。一方、伊馬も共同生活をしていた保険会社の男が思想問題で勾留され、巻き添えを心配した井伏のはからいで、弁天通りに引っ越していた。太宰と伊馬の家はお互い三分ほどの距離で、急速に親しくなっていった。すでにムーラン・ルージュへ勤めていた伊馬は、毎日太宰のいる二階を見上げながら駅へ急いでいた。

「とにかく、津島君であるところの彼は、毎日せっせと小説を書いていました。書いていない時は読書でした。つまりぼんやりしていることがなかったといっても過言ではありません。彼の二階の部屋——ではいつ訪ねて行っても原稿用紙に対っているか、翻訳本を読んでいるかの彼の姿が見られたものです」（「思い出の太宰治」）

一方伊馬も、昭和八年九月に上演した「桐の木横町」が大当たりをして、座付き作家の地位と人気を不動のものにしていたころだった。ヒットしたおかげで、伊馬の住んでいる六尺幅の路地が、「桐の木横町」と呼ばれるようになった。

「我が家は袋小路のいちばん奥に位している。人よんでこれを桐の木横町といふが、それは大きな桐の木がこれらの平屋建ての屋根より三倍も高く、並んで聳え立つてゐたからである。しかし今はない。今年の春、大家さんが伐つてしまつた」と伊馬は、太宰や檀一雄らと創刊した同人誌「青い花」に書いている。

「伊馬君は立てつづけに台本を書くのだが、それがみんな大当りしたから、傍の者から見ても大変なことであつた。年は若いし世馴れもしていないし、当人としては有名であることを持てあましてゐるのではなかつたかと思ふ」（『荻窪風土記』）、伊馬の芝居は様々な人から好評だったと井伏は書いている。

伊馬が持てあましていたのは売れっ子になったことよりも、上京してきた継母の存在だったかも知れない。井伏の『荻窪風土記』を読むと、伊馬の継母は気性の激しい人のようで、穏健中庸派の伊馬には迷惑なことが多かったのではなかろうか。

昭和六年に満州事変が勃発すると、左翼文学に対する弾圧が始まった。八年には左翼作家の小林多喜二が獄中で殺される事件が起こり、ますます表現に対する軍部の介入が厳しくなった。当然ムーランの台本にも検閲が入り、書き直しをさせられることも多々あった。

伊馬が撮影した太宰治（左）と井伏鱒二（右）

その話を誰からか聞いた継母は、「検閲官の某といふ人に何回となく直接面会して、倅の芝居のどこがお上の気に入らないのか、どこが悪いかと事こまかに説明を求めて来たことがあるそうだ。――お母さんは検閲官が無理ばつかり言ふのに閉口して、菊池寛の自宅にも山本有三の自宅にも相談に行つた」。
また、伊馬とムーランの女優との交際を知ると、井伏の妻に「どうか二人を別れさせるようにしてもらえないだろうか」と頼んだり、それでも埒があかないと知ると、井伏に直接「遠賀川流域の高崎家の長男は、女優と結婚してはいけないのだと、目に涙を溜めて言つた」。それでもまだ安心できなかったのか、その女優を直接呼び出して、結婚をあきらめるように頼んでいる。また太宰に「実家は近隣に聞こえた豪族であるとお喋りをしたそうで、そういうお喋りを伊馬はひどく嫌っていた」とも書いている。

それでは一緒に上京してきた弟・勘八郎はどうしたのだろうか。勘八郎は「合理主義のボクと、多少ロマンチックな兄」と兄弟を比較しているが、勘八郎はおとなしいが筋を通す性格だったという。「兄のようにしろ」と継母に言われたが従えず、そのうち邪魔者扱いされるようになった。とうとう「親でもない、子でもない」と着の身着のままで家を飛び出し、あとで家に残した着替えを送ってくれるように頼んだが送ってこなかったということもあり、それっきり二人は二度と会うことはなかった。晩年になって継母が、「近くの旅館にいるから」と連絡してきたこともあったが、勘八郎は「会いたくない」と行かなかった。勘八郎の書いたエッセイのどれにも継母の姿はなく、単身上京のように受け取れる書き方をしている。

そんな弟と継母の関係を伊馬はどう思っていたのだろうか。兄として忸怩たるものがあったに違いない。しかし継母との間に波風を立てたくないと感情を殺していたのか、見て見ぬふりをしていたのか、荻窪時代は伊馬にとって、仕事は順調だったがプライベートでは板ばさみで、辛いことが多かった時期ではなかったろうか。

勘八郎には後々まで心にわだかまっていることがあった。それは、自分たちが伊馬を頼って上京したため、兄の進路を変えてしまったのではないかということだった。「弟が来たのでは大変だろう」と、「井伏さんのご配慮からお世話いただいて劇作家に手を染め、新宿のムーラン・ルージュに籍を置くことになった。それが兄本来の願いであったかどうか？　まだそれを聞いたことはありません」（「福岡県婦人新聞」昭和五十一年四月二十五日）と告白している。

昭和九年十二月、太宰は山岸外史・今官一・檀一雄・木山捷平らと同人雑誌「青い花」を結成し、伊馬も誘われて名を連ねた。「青い花」は一号出したきりになったが、その後保田與重郎・亀井勝一郎らの「日本浪曼派」と合流。伊馬はそのまま同人として残れと太宰に言われ、断れずに名を連ねた。

「〈青い花〉創刊のときと同様、私は太宰の言ひなりであった。住居もおなじ天沼の目と鼻の先であり、共に井伏家へ出入りする仲であつたので、拒否することによつてせつかくの互ひの友情を破壊したくなかつたから」（「私にとっての『日本浪漫派』」）と伊馬は語るが、ムーランで上演した「見えない梯子」「葉書少女」やエッセイなどを活字にできたことは、同人だったおかげで「ずいぶんトクをした」と振り返る。

伊馬は、太宰に一度だけ散文を見せたことがあった。

「彼はふふんと、しかし言いにくそうに、『あまりにも、ゴーゴリ的過ぎるよ』と、言い放つただけだった。それ以来、新宿の劇場に誘うことだけにとどめた。『うむ、これはやつぱりすばらしいよ』と、彼は、私の作品を今度は素直に認めてくれるのであった」(「御坂峠以前」)

昭和十年ごろから太宰の自虐と苦悩がはじまった。第一回芥川賞で次席になったことも追い討ちをかけた。第三回も逃している。その後盲腸炎の手術によってパビナール中毒になり、入院ののち千葉に移転療養をすることになった。天沼を離れた太宰は十二年に小山初代とカルモチン自殺を図るが未遂に終わり、帰京後離別する。

太宰が麻薬に依存する姿を見ていた伊馬は、非難どころか尊い姿に見えたという。

「ひたすら扶養家族のため家庭の安穏をねがわねばならぬあまり、常識境から一歩もはみ出すことなく、平凡な日々をおくらざるを得ないハメの私には、あんなにまでして自己を苦しめて、自分の生命を、芸術を、一寸削りに削っていた彼の姿は、私にはヒンシュクどころか、怖しいまでに尊かったのです」(伊馬春部『櫻桃の記』)

昭和十一年六月二十二日、西東書林より出版された『桐の木横町』を井伏のところへ持って行く。井伏は留守だったが、太宰の『晩年』も届いていた。『晩年』は太宰のはじめての単行本である。小山初代と別れた太宰は再び天沼一丁目に戻り、また伊馬と近くなった。そのころの伊馬はムーランを辞めて、活動拠点を映画に移していた。

太宰は昭和十四年一月に井伏家においてささやかに石原美知子と挙式を行い、甲府市御崎町へ移って行った。結婚後の太宰の活躍はめざましく、翌月に『富嶽百景』を持って現われたときは、「清純なよみがえりであった。何かしっとりとした、日本的なうるおいをさえ身につけて……」、ますます透明な輝きを放ち、堰を切ったように秀作を生み出していく。七月に「文学界」に発表した「畜犬談」のエピグラムに、「伊馬鵜平君に与える」とあり、「なぜあんなサヴ・タイトルを附加したのか、私への警醒であるかもしれない」と伊馬はおどろき怪しんだという。それについては『太宰治全集』第十巻「玩具」のあとがきに、太宰がつぎのように書いている。「はじめは大まじめで、この鬱憤を晴らすつもりで取りかかったのだが、書いてゐるうちに滑稽になってしまっていたので、ユーモア小説の俊才、伊馬鵜平に捧げる事にした」。

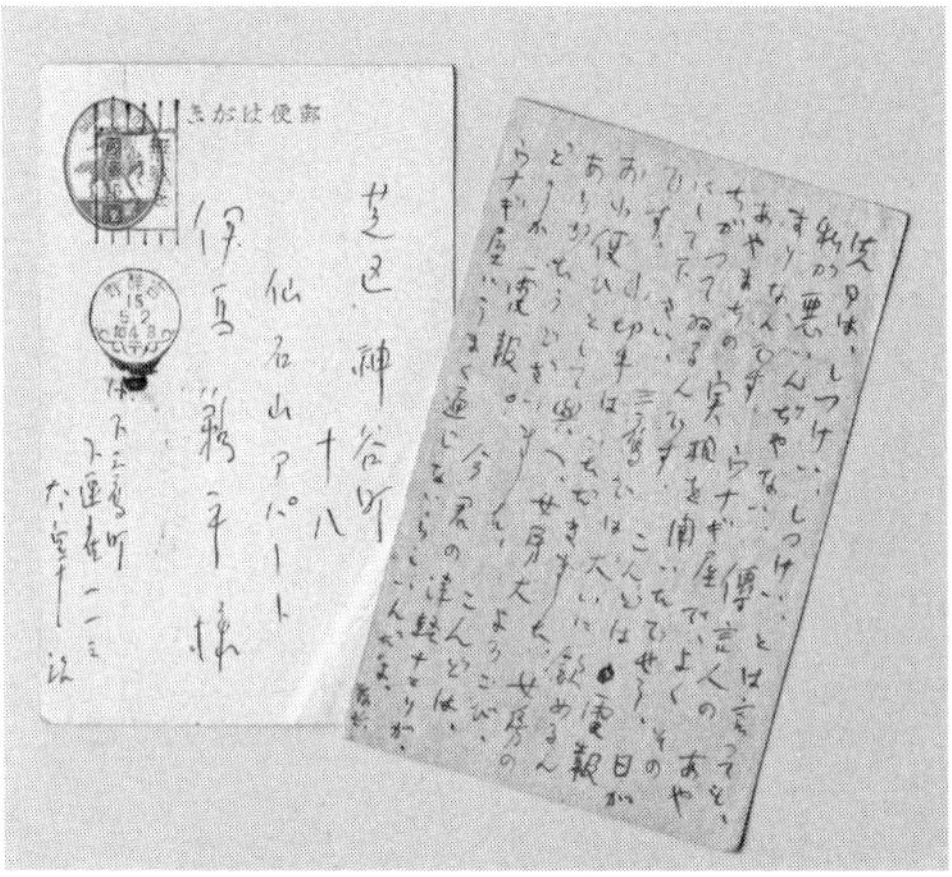

太宰から伊馬へ宛てた葉書

同じ年の一月八日、伊馬は飲み友達の日本銀行北九州支店長の紹介でお見合いをした森道子と、和布刈《めかり》神社で結婚式をあげた。伊馬は八月に神谷町の仙石山アパートへ移るが、結婚してからも正月二日は「先生（井伏）のお宅へ伺う日」と決め、それは亡くなる日まで続く。太宰も九月に三鷹村下連雀に移り、そこが終の棲家となった。仙石山アパートでは、NHK社員・大林重信と親しくなった。そのころの伊馬は書けなくて苦しんでいるように見えたという。「春部さんの苦労された時代ではなかったか、と両親が話していた」と、大林の長男・丈史。同じアパートには慶應大学の学生だった池田弥三郎もいて、なぜかいつもバタバタ走り回っていた印象があるという。

昭和十五年は、伊馬にとっては珍しく、太宰と一緒にいくつか旅をしている。四月三十日に井伏・太宰・伊馬・学生二人の五人で上州は四万温泉へ出かけた。「お江戸の花は散ってもなお八重桜がおぼおぼと咲きほこり、海棠の花が目のさめるような紅を点じている上州路……」（『櫻桃の記』）。友人の阪田英一が経営し、いつも利用する四万館へ。伊馬の日記には「くらがりの台所へ太宰と取りに行きしは面白し。チチ……」とあり、すでに酔っていた二人は夜の闇のなかを手さぐりで台所に忍び込み一升びんを見つけると、脱兎のごとく部屋にもどった。

「まずはお互いに無事息災にて重畳重畳てなことを言いながら、ごくりといっぱいやって、はっと顔を見合せ、あわてて湯呑みになみなみとついだやつを、別室にてお仕事中の井伏さんにまず……といったふうに奉って来て、それでやっと落ちついて飲みほす――」（「櫻桃の木」）。いたずら少年のようなその夜のふたりだった。

その旅にはもう一つ、おまけがあった。四万館の浴槽が明るかったので、伊馬は持参のカメラの性能を確かめようとシャッターを切った。そのなかの一枚に太宰が浴槽に足をかけて、流し場に座っている井伏にカミソリを渡す瞬間が納まっていた。写真は現像して太宰に送ってやった。ところが折り返し、「七転八倒、あの写真を見るなり家中をわめきながら狂いまわった、君はひどい、一生うらむ」などと書き散らしたはがきが届いた。伊馬はなにをまたおおげさな、と思いながらその写真を見直すと、「なるほど、やや興味のそそられるポーズでなくもない。太宰の七転八倒の主因となったであろうところのものも、それらしき箇所にそれらしく印してもいる。私は恐るべき性能を発揮したところのわがポケット・カメラを友だちのためにちょっと叱り、これ以上、友だちを七転八倒させては困ることゆえ、その原版をすぐに送り返した」。

ただし、井伏と伊馬はそれぞれ一枚持っているのだが。同じ写真を見た井伏は盲腸を手術した痕が写っていた、と書き、伊馬は「それらしき個所に……」とは、さて？　太宰を七転八倒させるほどのものとは、何だったのだろう。残る二枚の写真だけが真実を知っているはずだが。

伊馬の知る太宰は、いつも金歯が見えるほど大声でゲラゲラと大口を開けて笑い、挙句は腹をよじらせて笑い転げる底抜けに明るい男だった。

「ただ私は、彼が疲れた頭を微風にさらすだけの役目――その微風にすぎなかったのですから決してうるさくも邪魔にもならなかったでしょう」。二人はまじめな話よりも、会えば酒を飲み馬鹿話に始まり馬鹿話におわる。肩の凝らない相手として、太宰も安心してつき合っていたのだろう。

七月には井伏・小山祐二・太宰・伊馬の四人で伊豆の熱川で鮎釣りを楽しんだ。伊馬は仕事があって、一人最終バスで帰る。その旅行に太宰は再婚した妻・美知子を呼び寄せて、新婚旅行にしたい思いがあった。ところがその四日後のこと、南伊豆一帯は大洪水となって一階の廂まで水がきたという。「太宰は『人間は死ぬときが大事だ』と新しい着物にきかへ、角帯をしめ、きちんと畳の上に座りなおした。そして奥さんに向かひ『後で人に見られても、見苦しくないやうにしなさい。着物をきかえなさい』と云ひつけた」と、井伏は太宰の潔癖な一面を『荻窪風土記』のなかで伝えている。

そのころ太宰は「東京八景」を書いていた。そのなかに、「世の人々から全く葬り去られ、廃人の待遇をうけたとき、一先輩は、私を励ましてくれた。世人がこぞつて私を憎み嘲笑していても、その先輩作家だけは、始終かわらず私の人間をひそかに支持して下さつた。私は、その貴い信頼にも報いなければならぬ」とある。その先輩とはもちろん井伏鱒二である。井伏は太宰の文学を高く評価し、無頼ぶった言動の内に見せる「純真で傷つきやすい」その人柄を愛していた。

井伏がいつも言うことは、「じっと我慢して遠出しないこと。動きまわらないこと」そして「何も持たないこと」だったという。その生き方の潔さが、そばに居て心地よく、安らいだ。戦後になって、伊馬とラジオドラマを制作した当時ＮＨＫの沖野瞭は「『井伏先

昭和15年７月，熱川温泉旅行（左から伊馬，小山祐二，太宰，井伏）

生のお宅に行ってね』とお話しされる伊馬さんは、本当にうれしそうなお顔でおっしゃる。よっぽどお好きなんだろうなあと思いました。大変井伏先生のことを尊敬していらっしゃるんだなと、お話をうかがっていて感じました」と話す。

昭和十五年になるといよいよ軍靴の音が近くなり、それぞれの絆も人生も翻弄されはじめる。「阿佐ヶ谷将棋会」は暮れに、「阿佐ヶ谷文芸懇話会」となって発展的解消をした。翌年に井伏も陸軍徴用員としてシンガポールに派遣され、「昭南タイムス」の編集兼発行人となった。十六年十二月八日、日本は太平洋戦争に突入。徴用解除となった井伏は、十九年に山梨県甲運村に疎開。太宰も二十年四月の空襲で三鷹の家が被害を受け、

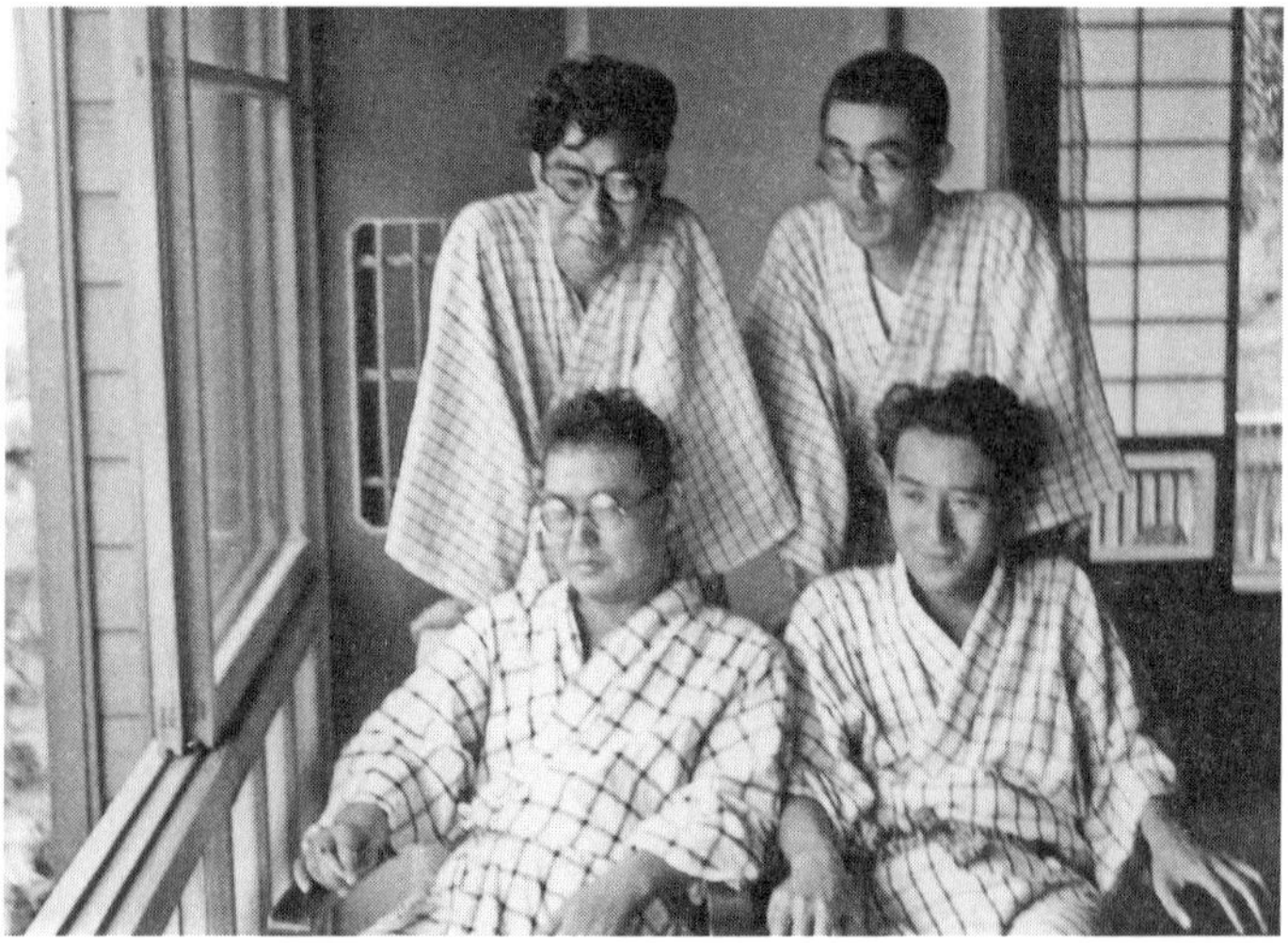

熱川温泉旅館にて

甲府の妻の実家へ疎開。その疎開先も七月に焼失してしまい、太宰の生家金木町へ身を寄せることになった。伊馬も三月に召集令状が来て入隊した。

継母と妹・哲子に宛てた伊馬のはがき（昭和二十年三月二十三日付）が残されている。

「急にお召をうけ久留米四九部隊へ入隊いたします。先日はおめにかゝつた際のあのお元気なさまをわすれずにをります、大へん時局が忙しくお別れにもまゐれないいまゝ征きます。哲子もます〳〵元気で、まづは」

太宰の死

「ムカシ　ムカシノオ話ヨ」ではじまる太宰治の『お伽草紙《とぎぞうし》』は、終戦直後の十月に刊行され、活字に飢えた人たちはむさぼるようにして読んだ。その作品こそ空襲のさなかに防空壕で書かれたものだった。太宰はまだ津軽におり、前年の十月から「河北新報」に「パンドラの匣」を連載していた。昭和二十一年一月十五日付の太宰から井伏鱒二に宛てたその手紙には、戦後の一変した風潮を嘆き「また文学が、十五年前にカヘツテ、イデオロギイ云々と、うるさい評論ばかり出るのでせう――ジャーナリズムにおだてられて民主主義踊りなどする気はありません」などと近況を書いた末尾に、「伊馬君はどうしてゐるでせうか。未帰還の友人が気になつていけません」と書き添えてあった。

昭和二十年三月の東京大空襲の翌日、井の頭と新宿で一緒に飲んで以来だった。伊馬はその三日後に召集されて大陸へ渡り、この手紙の日付のときにはまだ戻っていなかった。復員したのはそれから一週間後である。太宰が井伏へ宛てた手紙を知ったのは、彼の死後、書簡集が出たときで、伊馬は太宰のその一行を思うたびに、「いつも私の胸にじいんとひびく」（「思い出の太宰治」）と交友の日々を思うのだった。

『太宰治の手紙』（小山清編）から拾ってみると、伊馬は復員して妻の実家に落ち着くと、太宰が津軽にいることがわかり、早速葉書を書いた。すると、打って返すように太宰からはがきが届いた。「拝啓、御手紙見た。無事で何より。握手握手大握手といふところ。実に心配してゐた。これでよしといふところ」と喜びを伝え、戦争は羽左衛門と丸山定夫を奪ったと嘆く。太宰は『冬の花火』三幕を書いているとの近況報告があった。つぎの七月のはがきには「御忠告ありがとうございました。（まだ手ぬるし）これからも、私の貴重な友人になつてゐて下さい。おねがひ。戯曲も、私の作家道の修業の一つとして、たいへんな苦心で書いてゐます。ただいま『春の枯葉』といふものを書いてゐます」とある。『冬の花火』について伊馬の意見を求めたのだろう。その翌年、昭和二十二年一月には「ラジオの件、全部、伊馬さんにまかせますよ」とあり、四月には「ラジオ、やはり枯葉がいいんぢやない？　もつと動きをたくさん多くして」とふたりの間でやりとりが行われている。『春の枯葉』は五月二十七日、NHKラジオドラマで伊馬が脚色・演出して放送された。太宰の感想は「野中教師がひどく老人じみた感じだつた」、そして「すこしむづかしすぎる」というのが圧倒的に多いようだと、伝えている。

戦後伊馬が上京したのは昭和二十一年三月で、太宰は同じ年の十一月に三鷹の家に帰って来た。井伏は翌年の七月に広島から荻窪の自宅に戻る。戦争で命を拾った友人たちは前にも増してつき合いが濃密になった。太宰治・檀一雄・山岸外史らと、伊馬は空白の日々を取り戻すかのようにいつも一緒だった。

「太宰は奥さんの着物を、檀や山岸は妹の着物を質に入れて飲んだり放蕩する。そして三人は相手の才能を認めながら、お互いにケンカし合っていた。三バカと呼ばれていた。そのグループの中でいっぺんも口ゲンカもした事がないのが、伊馬さんだった」と話すのは、彼らをそばで見ていた小野才八郎。小野は太宰が津軽にいるときに初めて訪ねて行った。すでに新進作家として注目されていた太宰が、学生の小野を平等に扱い、帰るときは停車場まで送ってくれたという。別れるとき握手までしてくれた太宰の人柄に惚れ込み、以来太宰の研究を続けている。

昭和二十二年は伊馬と大宰にとっていろんな事があった年だった。伊馬は連続ラジオ放送「向う三軒両隣り」がはじまり、中堅ラジオドラマ作家の仲間入りをした。太宰は二月に『斜陽』のモデルとなった太田静子宅に滞在し『斜陽』を書いている。太宰が言うには、『斜陽』ははじめは津軽の津島家をモデルに、旧家の没落の悲劇を書くつもりだったという。井伏宛の手紙にも「金木の私の生家など、いまは『桜の園』です。あはれ深い日常です」と書き送っている。ところが太田静子の持つノートを見てインスピレーションが湧いてきた。滅びるものの美しさ、黄昏の美しさを描くことに突き動かされ、一途にそのなかに埋没してしまった。同じころ、心中相手の山崎富栄とも知り合っている。『斜陽』が完結したのは六月の末だった。

昭和二十二年九月二十五日、ある招きによって伊馬は熱海まで太宰を案内することになった。東京駅のホームで待ち合わせ、行ってみると太宰には同伴者がいた。その人こそ山崎富栄だったのに、篤志看護婦と紹介されると特別注意を払わなかった。伊馬にとっては、その日の車中での遊びの方が印象に残った。

「男性名詞、女性名詞なんて区別するなんて愚だよ、それ以前のものがあるんだよ、もっと大事なものがあるんだ」（『櫻桃の記』）といって太宰は、何でも「悲劇名詞、喜劇名詞」に分けられるんだとにやにやしながら伊馬の顔を見た。「汽車は悲劇だ、電車は喜劇さ」。そのわけは、「汽車は別離・出立・轢死・脱線」それに比べてごとごと走る電車はいかにも喜劇、という。車中で見るもの、思いつくものをあげて理由をつける。二人はその遊戯に夢中になった。「袴は喜劇、スカートは悲劇」、「一升瓶は喜劇、ウイスキーは悲劇」、「朝は悲劇、夜は喜劇」、「海は悲劇、川は喜劇」と、翌日の東京に帰るまで続いた。「ダザイオサムは喜劇、イマハルべは悲劇」。しかしその日のことは終生、伊馬を苦しめることになった。同伴した看護婦について、呑込み顔などしないで大さわぎすればよかった。恨まれても顰蹙《ひんしゅく》を買っても、悪人になってやった方がよかったのではなかったか……と。

この年の十一月、太田静子に女児が生まれ、治の一字をとって治子と名づけられた。太田静子についてはそれ以前に、太宰に相談されたことがあった。

「ぼくが苦しんでいるのはね……その『斜陽』のノートの女性に、子どもが生まれることなんだ……どうしたらいいだろう」

伊馬は、「君という人間はねどうしてそう……次々に苦しみをこしらえて行くんだろうね」と半ば呆れながら考えた答えが「それは君が太陽の如く輝くことによって解決する事がらだ。そうすれば誰に子供が生まれようと、それが何もかも解決すると思うな」ということしか言えなかった。太宰の死後、このことを思うたびに「私ひとりの胸に収めないで、思い切って、井伏さんにでも報告した方がよかったのではないか。そうしたら彼も、一時は怨み、七転八倒しても、あんな最後にならなくてすんだのではないか」と煩悶をくり返した。

太宰の行方不明が伝えられた昭和二十三年六月十四日、伊馬は大井出石の折口の家に前の晩から泊まっていた。

「太宰君が……」と、折口は見ていた朝刊を伊馬の前に置いた。心中？　道づれがあった……？　「早く行ってあげたら……」と折口に促されて、太宰の仕事部屋に急いだ。部屋はきちんと整理されていた。「伊馬さん宛のものがおいてありますよ」と教えられて、見ると色紙だった。それは太宰の好きな伊藤左千夫の歌で、

池水は濁りににごり藤波の影もうつらず雨降りしきる　　録左千夫歌　太宰治

裏にえんぴつで「伊馬様」と書いてあった。「彼は私に、何を伝えようとこの歌を残したのだろうか」、よくわからないことがそら恐ろしかった。またもう一つ、伊馬宛のものがあった。女性の字で「この中のもの伊豆のお方へお返し願います」と、太宰が日頃使っている黒繻子の風呂敷包みの上にのせてあった。

「ひらいてみると、これがいわゆる〝斜陽ノート〟であることがわかった。太宰はこのノートをもとに、長篇『斜陽』を完成したのである。ぼくはどきんとした。これは大ごとになったぞと思った。万一をおもんぱかって副本をこしらえ、太田静子さん自筆のほうは、しばらく折口先生にお願いして手文庫にねむることになった」

折口家には玄関の神棚に一対の河童像が祀ってある。津軽の屋敷神「お水虎《すいこ》さま」で、仏師に頼んで模造してもらい勧請したものだった。太宰が心中したとき、折口はふっと河童を見上げると、女河童の朱色が水に濡れたように鮮やかに光っていた。「女河童に引き込まれたんだね」と折口はつぶやいた。

「先生も若いとき、自殺を図ったことがあり、若者の苦しみを知っている人なので、太宰の気持ちを理解できたのでしょう」。内弟子としてそばにいた岡野弘彦は、折口のそのつぶやきが耳に残っていると話す。

太宰が玉川上水に入水した日は雨だった。それから七日七晩降り続き、川の水は粘土色に濁っていた。遺体は奇しくも六月十九日の太宰の誕生日に姿を現した。「推定の投身場所から約一粁半下流の上水新橋附近で身体をしばり合った二人の死体が発見された」（「アサヒグラフ」昭和二十三年七月十四日）と、戦後の混乱した世相を反映するかのような太宰の死は、人々に衝撃を与えた事件として大きく取り上げられた。「太宰の面《おもて》に苦悶のかげはどこにもなく、端正で微笑さえうかべていた」（山岸外史『人間太宰治』）ことを知り、伊馬は少し安心したという。通夜の日も雨の止む気配はなかった。

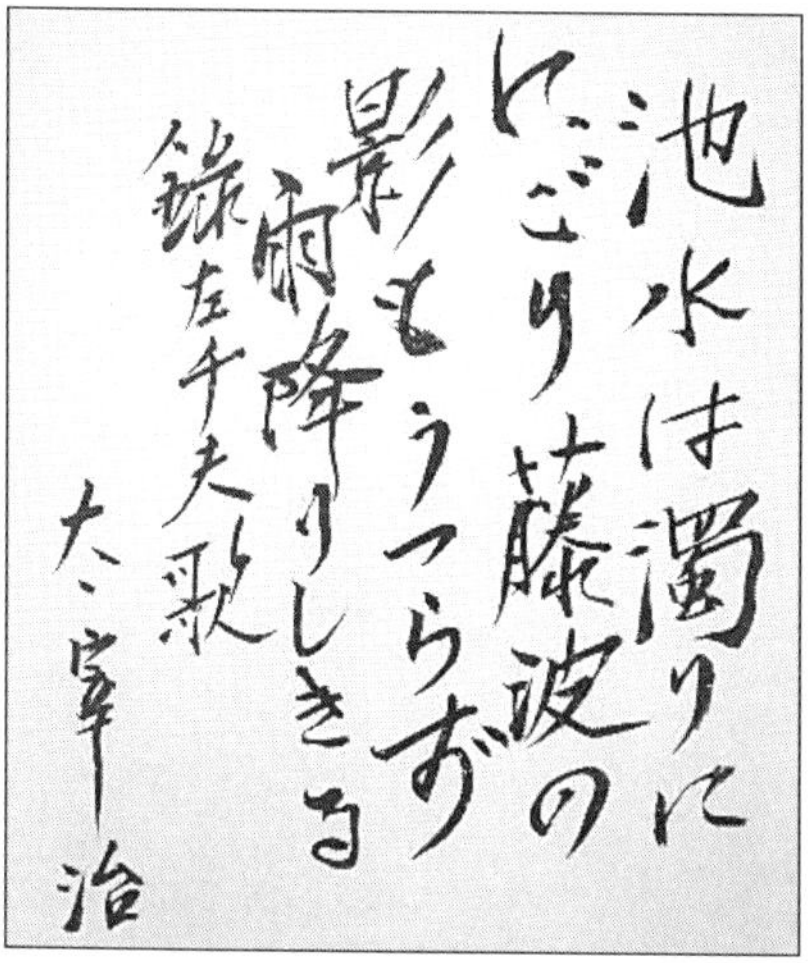
池水は濁りに
にごり藤波の
影もうつらず
雨降りしきる
太宰治

太宰入水自殺後，伊馬宛てに遺された色紙

　太宰はその生前の希望通り、黄檗宗禅林寺に埋葬された。禅林寺はJR三鷹駅から歩いて十五分、交差点の八幡大神社に隣接したところにある。寺の裏手が墓地でほぼ中央に位置して太宰の墓が建ち、斜め前に「森林太郎之墓」がある。生前から太宰は、夏目漱石がもてはやされて、森鷗外は無視に近いと怒っていた。死んだら鷗外の墓の前がいいと、常々言っていたのだ。太宰の墓石を抱くように桜が枝を広げ、伸びた枝先が鷗外の墓石をも包み込んでいる。

心中相手の山崎富栄についても、無理に太宰を玉川上水に引きずり込んだと言われたりもしているが、そばにいた小野才八郎は「富栄さんはメガネをかけていて、美人でした。太宰によく尽くしていつもくるくる動いて、〝スタコラさっちゃん〟と呼ばれていた」と、二人のほほ笑ましい姿を語る。少し経って二人の様子を見たとき「あっ、これは先生と関係ができたな」と、すぐわかったという。「恋愛でなく情事といわれるが、太宰流の恋愛だと思う」と二人を見ていた小野は言う。

太宰の死後に刊行された『桜桃』から、毎年六月十九日を「桜桃忌」と命名された。

ことしまた雨ふりしきりなり櫻桃のふくらむころとなりにけらずや　春部

太宰が亡くなって、『斜陽』の印税を「モデルの人」が要求して来た。そのときの様子を井伏の『文士の風貌』から引用してみたい。

税金を差し引き印税の半分だけモデルの人に渡し、残りは新潮社から渡すことにして、取敢ず半金だけ先方へ届けることにした。私は今官一君と伊馬君を連れて出かけて行った。印税は半金としても当時としては大金だから、『斜陽日記』と一緒に伊馬君が大事に持って行った。女性はいきなり座敷の入口にうずくまり、「私のしたことがわるかったのでせうか」と大きな聲で泣きだした。不意のことで私は返答に困った。世慣れた伊馬君が静かに返答した。

「私たちは、あなたのしたことがいいとか悪いとか、そんなことを云ひに来たのぢゃありません。あなたは好きなやうなことをされたのであって、今度『斜陽』の印税を要求されました。私たちはそれについて伺ったのであって、あなたのされたことを、かれこれ云ふ気はありません」

私は伊馬君の事務的な捌き方に驚くと同時に、大船に乗ったやうな気持を覚えた。伊馬君はみんなの前で印税を勘定して見せ、弟さんに領収書を代筆させた。あとは女性の要求する日記を返し、かつて太宰が女性に出した手紙を返してもらふことに話を漕ぎつけた。伊馬君のてきぱきしたやり方が頼もしかった——結局、印税半分と日記帳だけ先方に返すことを証文に記し、手紙のことは何も書かないで私たちは女性の家を出た。

助けることができなかった太宰への謝罪の気持ちが、伊馬を強くし、事後処理に臨んでいたのではないかと思うほど、伊馬の意外な一面を見た。

折口は、太宰が入水した翌春、「水中の友」を発表。太宰を想う切々とした鎮魂の詩は、三十八歳で硫黄島で戦死した春洋の死と重なり、孤独な魂が響き合うようで胸を打つ。

水中の友

いつまでも　ものを言はなくなつた友人――。
もつとも　若かつたひとり
たゞの一度も　話をしたことのない
二三行の手紙も　彼に書いたことのない私――
併し　私の友情を　しづかに　享けとつてゐてくれた彼を　感じる。

友人の死んだ時
私は、嵐の声を聞いた。

若い世間は、手をあげて迎へるやうに
はなやかに　その死を讃へた――。
老成した世間は、もみくしやになつた語で、
日本の渋面を表情した――。

一等高さの教養を持つた人だけが——
何となない貌で
たゞ　その姿を　消ゆるにまかせるだらう——。

さう言ふ　この国の為来《シキタ》りを
彼は信じて　安らかになつて行つたに違ひない。

若い友人は　若いがゆゑの
夢のやうな業蹟を　残して死んだ。
これぱかりは、
若くて過ぎた人なるが故の美しさだ　と言ふ思ひが、
年のいつた私どもの胸に　沁む——。

何げない貌で、死んで行つたが——
　ほんたうに　遠く静かになつた人
もういつまでも　ものなんか言はうとしないでねたまへ——
ゆつたりとした心が出て来たら——、

私の瞼《マブタ》を温める　ほのかな光りをよこしてくれたまへ

折口は太宰に会ったことはない。太宰の人柄や書いたものはすべて、友人の伊馬を通じてのものだった。ただ書いたものを通して太宰の苦悩を感じ取り、世間で言われている太宰像では、可哀想だと思っていた。太宰を「清き憂ひ」の人だと、折口は見ていたのだ。だから「その作物を見て、私はいつもこの清き憂ひに、心を拭はれるやうに感じてゐた」(「水中の友」)。ただ一途に、自分の文学を追求していく太宰の危うさを感じつつも、伊馬の情報以上のつながりを持ちえなかった。

「友人を清く見せることが、自分の生活のよさを示すことだと思ふ癖が、一群の青年にあるのだから、春部も、さういふ風の太宰君だけを語つて、私の太宰観を清くすることに努めてゐた。だから、勘の悪い私には、太宰君の運命をつきとめて考へることが出来なかつた。又、出来たところで、どうなるものでもなかつたが……」(「水中の友」)

太宰もまた伊馬を通して、折口へ親しみを抱いており、自分の作品を読んでくれていることも知っていた。伊馬に宛てたはがき(昭和二十一年十月二十四日付)にも、「『パンドラの匣』は、けふ河北新報へ伊馬様に二部お送りするやう言つてやります。一部は折口先生に恭献させて下さい。パンドラはまた、あまりに明るすぎ、希望がありすぎて、作者みづからもてれてゐるシロモノですから、折口先生も、これはも少し暗くてよいとおつしやるかも知れません」と、折口を意識していたことがわかる。

もしも折口と太宰が話せる機会があったら、せめて書簡のやり取りでもあれば、太宰も迷い込まずに済んだのかもしれない。折口は言う。「太宰君の内に、早くからゐた芥川龍之介が、急に勢力を盛り返して来た。悲しんでも、尚あまりあることである」(「水中の友」)と。

伊馬は、昭和四十二年五月十九日、「新演劇人クラブ・マールイ」の第一回公演に「櫻桃の記――もう一人の太宰治」を書きおろした。太宰治に岩下浩、山崎富栄は丹阿弥谷津子、演出は大木靖、そして伊馬も医者の役で出演している。「私小説」ならぬ「わたくし戯曲」というだけあって、太宰との交流にもとづいて構成されていた。伊馬は『櫻桃の記』後記に「私はこれを鎮魂のドラマとして書いた。ことに友人の一人として太宰治の冤を天下に雪ぐ気概にすら燃えた」と書き、それはこの作品によってほぼ達成されたという。伊馬の知る太宰は「明朗・快活・ユーモアと誠実の男でした。世にいう無頼派などとんでもない」(「朝日新聞」昭和五十一年一月三日)と、作られた虚像に反発するのだ。

ラジオドラマ「ある対話〈鷗外と太宰治〉」では、太宰が生前、「この寺の裏には、森鷗外の墓がある。どういうわけで、鷗外の墓が、こんな東京府下の三鷹町にあるのか、私にはわからない。けれども、ここの墓地は清潔で鷗外の文章の片影がある。私の汚い骨も、こんな小綺麗な墓地の片隅に埋められたら、死後の救いがあるかもしれないと、ひそかに

熱川温泉での太宰と伊馬

甘い空想をした日もないではなかったが……」と書いた文章をプロローグに置いて、ドラマは始まる。太宰はその希望通り、鷗外の墓の斜め前に埋葬された。「太宰よ、寂しくてならぬ時は、お向かいの鷗外博士と対談などしては？　いや、すでに地下道でも掘られていて、森家訪問がしばしば行われているのではなかろうか」（「櫻桃の記――もう一人の太宰治」脚本より）。そうあって欲しい、残された者の願いをそのドラマに込めた。

考えてみると、太宰は沼津以西には旅をしていなかった。京都も奈良も四国にも、もちろん九州も知らない。「彼の亡きあと、九州出身の檀一雄・中村地平の両君と共にどんなに悔んだことかしれません。南国の山川草木、あの空と海に接しさせていたらひょっとして自ら命を絶ったりしなかったのではあるまいかと、一種の責任をすらおぼえさせられたものでした」（『櫻桃の記』）。太宰が明るい南国に行っていたら、どんな作品が生まれただろうか。死なずにすんでいただろうか。

それにしても太宰は何とおびただしい作品を残したことか。命を削って書き、死に物狂いで生きた作家・太宰治が妻に残した遺書には、「もう小説を書くのがいやになつたから死ぬ。三人の子供を陽気に育ててくれ」とあったという。

伊馬は後年つぎのように語っている。

周到狼狽――この語ほど、太宰治を語る上において不可欠のことばはあるまい。あれほど、物事に於いて、周到狼狽した男を、私は知らない。あるいは周到狼狽を示した、といった方が正しいかもしれない。いや、彼は、周到狼狽を示すことによって、みずからひそかに愉しんだと思えないこともないふしもある。極言するならばあの事ですらなにかの事に周到狼狽のあげく、死を急いだと言えるのかもしれないのである。

（「御坂峠以前」）

ラジオ放送劇

わが国でラジオ放送がはじまったのは、大正十四年三月二十二日で、二年前に起こった関東大震災で無線電信が多いに役立ち、ひとつのきっかけを作ったと言ってもいいかもしれない。

大正十二年十二月、逓信省は「放送用私設無線電話規則」を交付し、ラジオ放送に関する制度を確立した。放送局は一地域一局と定められ、当面は東京・大阪・名古屋の三局だけが認められた。大正十三年に社団法人東京放送局（ＴＯＡＫ）が設立され、三月一日から愛宕山からの試験放送を開始。本放送は七月十二日で、ラジオ劇「桐一葉」（主演・五世中村歌右衛門）が電波に乗った。ラジオ劇といっても舞台中継のようなものだった。本格的なラジオドラマとしての第一歩は、七月十九日の「大尉の娘」（主演・井上定夫・水谷八重子）、そして八月十三日の「炭坑の中」（主演・山本安英）である。新しい分野であるラジオドラマに人々の関心は高く、脚本募集が盛んに行なわれるようになった。昭和元年八月二十日、放送三局が統一して「日本放送協会」を設立。翌年には九州・中国・東北・北海道に支部が創設されて、全国放送網が整ってきた。

伊馬がはじめてラジオの台本を書いたのは、昭和九年「早朝配達」だった。歌あり演芸ありコントありのバラエティ番組で、つまりムーラン・ルージュの舞台と変わらない構成で、そのコント部門を書かないかという依頼がきたのだ。内容は七月一日から実施される郵便の早朝配達に合わせて、十五分間のそれに関するスケッチ風のコントを、というものだった。伊馬は、天にも昇る思いで引き受けた。

しかし、そのコントは伊馬のやる気とはうらはらに新聞批評でさんざんに叩かれた。伊馬は舞台とは違い、耳だけで聴くラジオの難しさや制約を、いやというほど思い知らされる結果になった。つぎに書いたのが二十五分間の「ラジオ風景」である。満州までの民間航空のフライトを描くのがテーマで、主人公の漫才師が関東軍慰問のために満州へ向かうという設定にした。東京を飛び立った飛行機は、一度福岡の太刀洗飛行場で乗り換えて満州へ向かうため、ふるさとの遠賀川や福智山の上空をいやでも飛ぶことになる。伊馬は機上の会話に、懐しの山川の名を頻発した。それを聴いていた同郷の人たちは驚き、そして「作者は九州出身らしい」とちょっとした話題になったようだ。

「ラジオ風景」は成功し、コントの雪辱を果たして自信がもてるようになった。聴くだけでイメージをふくらませるラジオ台本の作り方も少し摑んできた。以後、多くの放送台本を書き、自分で演出も兼ねて制作する。昭和十四年正月、東京放送局の嘱託になった。その年の三月「春風のハイキング」で、伊馬がかねてからその新しいメロディーに注目していた古関祐而が音楽を担当することになった。

思い出深いのは帯番組のルーツともいえる十分間演芸の「ほがらか日記」で、四歳の中村メイコのデビュー作として書いたものだ。月曜から金曜まで毎日十分間の生放送で、「幼いルミ子ちゃんの目から見た発見やエピソードで展開」していく番組で、ほかにもムーラン・ルージュの明日待子も出演していた。

その当時の伊馬の印象を中村メイコはつぎのように話す。「本読みのとき、色が白くてロイドメガネをかけた優しいおじさんが、『メイコちゃんこんにちは。おじちゃんが一所懸命書きましたからね、上手にやってね』と台本を渡してくれる。幼くてまだ字の読めないメイコのためにおじさんは、今日はどういうストーリーであるか優しく話して、セリフを読みながら教えてくれる。そのとおりセリフを言うと演出のおじさんが『メイコちゃん、いつも話しているように言っていいよ』と直された。脚本のおじさんには九州訛りがあったのね」（中村メイコ講演、伊馬春部生家保存キャンペーン「伊馬春部先生と私」平成四年）。

戦火は終息するどころか泥沼化してゆき、昭和十二年八月二十四日、内閣は、「国民精神総動員実施要綱」を決定し、国民に協力を求めてきた。つまり、堅忍持久・挙国一致・貯蓄奨励・消費抑制などなど国民に強制し、その啓発宣伝の媒体となる文芸・音楽・演芸・映画・とくにラジオ放送にたいして、検閲が厳しくなっていった。

実は大正十四年にラジオ放送が始まったとき、それと平行してテレビジョンの研究も始まり、昭和五年には技術研究所が設立された。昭和十一年八月のベルリンオリンピックが終わると、次回第十二回オリンピック大会は東京で開催と決まっていた。東京オリンピックをテレビで放送しよう、と関係者は意気込んでいたが、その願いも虚しく日中戦争は拡大し、十三年にはついにオリンピックの中止・返上を決定した。しかし、オリンピックという当面の目標は失ったものの、関係者は将来のテレビ放送実現にそなえて研究を続行していた。

テレビドラマがわが国で初めて実験放送されたのは、昭和十五年四月十三日のことで、テレビ台本の執筆は三十二歳の伊馬鵜平だった。放送時間十二分、原稿用紙三十三枚、原稿料八十円。だが予算がない。なるべく衣装・背景などにお金がかからないように、と条件がつけられた。衣装は原則として自前。長火鉢・茶だんすなど小道具は技術研究所の小使室にあるものを拝借。キャストは貴美子（関志保子―宇野重吉夫人）、篤（野々村潔）、母親（原泉）の三人に、豆腐屋の声が入る。ドラマのタイトル「夕餉前」について、愛宕山放送博物館の説明パネルを読むと、「すき焼を食べながら、三人が話をする場面、すき焼き一式をそろえる予算がなく『夕餉どき』が『夕餉前』に変わった。照明器具が全部映画用で大光量のため、着ているものが焦げた」とあり、はじめての取り組みの涙ぐましさが伝わってくる。スタジオは三十坪足らず、ライトの熱さのため五分が限度といわれており、汗は乾いて塩をふくほどで、出演者は死ぬ苦しみだったという。

中村メイコも別の実験番組に出演していた。

「初めてのテレビドラマ実験放送は昭和十五年四月の『夕餉前』。受像公開された内幸町の放送会館の会場には黒山の人だかりが出来たそうです。その年の秋には、伊馬鵜平作のホームドラマ『謡と代用品』が実験放送され、私も出演しました。ナマの実験放送というので、東京・砧のNHK放送技術研究所に設営されたスタジオは物々しく緊張感が張りつめていました。結局、普段の撮影と同じと分かってほっとしたものです」（「読売新聞」平成十九年十月二十七日）

伊馬は当時の日記を読み返し、「てれくさばなし」に書いている。「はじめてのテレビ台本執筆者になったことで、ぼくも大いに心おどりをおぼえていたことがわかる。テレビ台本のことをシナリオに対してテレリオと称えようではないか、と言い出したのは川口（劉二）さんだった。すると伊馬さんはさしずめテレリオライター第一号というわけか、とわらったのは坂本（朝一）さんだった」（「てれくさばなし」）。後年、NHK会長に就任する坂本は、昭和十五年に入社すると伊馬のアシスタントをするなど、コメディ分野を担当していたのである。

その後もテレビジョンへの実験は続けられたが、翌十六年、第二次世界大戦に突入すると全面ストップとなった。伊馬もこの年の十二月、嘱託制度が解消されたことにともない、戦意高揚を目的にした産業戦士慰問劇をもって、工場などへ出かけることが多くなった。ラジオドラマも「プロペラ一家」や「かぼちゃ進軍歌」など、戦意を鼓舞する内容のものになっている。

昭和二十年八月十五日、日中戦争から続いた長かった戦争がやっと終わった。日本は敗戦国となり、アメリカ占領軍によってNHKの放送会館の半分が占拠された。番組もCIE（民間情報教育局）の指導と検閲が厳しく入り、自由な制作は許されなかった。しかし占領軍は検閲するだけではなかった。技術的操作方法からラジオ演出のノウハウについても、関係者を集めて指導教育に力を注ぎ、おかげで急速に日本の技術は向上していった。占領軍にとって、ラジオは国民を民主化するための道具として大事なものだという考えがあり、日本を民主化の〝いろは〟から徹底的に変革しようと指導に力を入れていたのだ。

アメリカの干渉が嫌だと思っても、技術的にも機械的にも演出的にも圧倒的にアメリカは優れており、日本が完全に立ち遅れていることを関係者は痛感するばかりであった。さらに占領軍は放送に必要な機械も持って来て、無料で提供してくれるのだ。昭和二十二年五月には「ラジオ実験室」の週三十分枠をつくり、単発ドラマを制作しながら技術面の実施指導を行った。さらに「ラジオ演出講座」を開き、ラジオ放送の原理から演出の知識と心得など、基礎から細部に至るまで講義があった。

「僕の判断ですが、おそらく民主主義の基本はコミュニティであり、ホームである。つまり小さな町の民主主義、家庭の中の民主主義というのがデモクラシーの基礎であるという理想があって、民主的なものを家庭や地域というレベルでなさせる番組を作りたいと考えていたのではないでしょうか」と言うのは沖野瞭。ラジオ放送現場の急速な変化と技術革新、そして占領軍の支配と干渉という混乱の時代は、サンフランシスコ講和条約を結ぶまで続くのだった。

戦後、伊馬のラジオでの活動は、昭和二十二年一月放送のドラマ「日本メリーウイドウ倶楽部安念寺支部発会式準備委員会」という長いタイトルのドラマに始まった。二月に「巷に歌あれ」、五月に太宰治の小説を脚色した「春の枯葉」、七月に「ある自転車泥棒の話」、八月に「僕は私か」と立て続けに発表する。

そして大チャンスが巡ってきた。昭和二十二年七月にスタートする婦人層向けのドラマを、八住利雄・北条誠・山本嘉次郎（のちに北村寿夫に交代）、伊馬の四人の作家が一カ月交代で脚本を書く「向う三軒両隣り」の参加だった。ティーンエイジャーの新しいモデルケースを取り上げ、その行くべき道を示すという意図で制作されたのだった。

この連続放送劇は、アメリカで人気があった〝ソープオペラ〟を手本にして導入されたものだった。毎日十五分という帯番組で、日本にはない時間枠のため、スタッフはかなり抵抗感があったという。それまでの放送は、二〇分・四〇分・六〇分と一応の枠内で放送され、二～三分オーバーしても次の番組で調整できるゆるやかなものだった。しかし占領軍は一五分枠（三〇、四五、六〇）の正確な番組づくりを要求した。その採用によって今日のような一週間単位の放送時刻表が作られるようになったのである。

四人の作家はそれぞれに家庭設定をして一カ月ずつ担当する。隣近所で起こる日常的な出来事を明るく描き、民主的な家庭や地域をつくるためのホームドラマに仕上げるのだ。八住利雄は「喫茶店さゆり」を営む「山村家」、北条誠はお医者のインテリ家庭「吉村家」、山本嘉次郎はサラリーマン家庭の「山田家」、伊馬は下町の車屋「坂東家」で、高杉妙子・巌金四郎らが出演。二年目にはお茶の間と劇中の家族が一体となって反響も多く、人気番組となった。車夫「亀さん」に扮した巌金四郎が「アラヨーッ」と人力車を引くかけ声が人気で、「アラヨーの巌《がん》さん」とすごい人気者になり、巌金四郎はスターの地位を確立した。「向う三軒両隣り」で伊馬もまたラジオの世界の売れっ子作家となった。当初は週一回三〇分の放送だったが、昭和二十三年一月から、月―金曜の夕方六時四五分から一五分間の放送にかわった。二十二年七月から二十八年四月までの五年九カ月、一三七七回のロングランを達成した。

といっても作家が自由に書けたわけではない。進駐軍の検閲は一字一句も見逃さず、削除や書き直しを要求してきた。たとえば、伊馬の場合こんなことがあった。「亀さんの息子に恋人ができて、二人は結婚したいけれど、親父に相談しなきゃ決められない、と書いたところ、進駐軍に呼びだされた。〈何と非民主的であることか、愛しているなら勝手に一緒になるのが民主的だ〉と言われ、なるほどなあ、日本の家庭が民主化していくプロセスを描くというのがテーマだった」（NHK番組「お達者ですか」より）とあらためて納得したという。

連続放送劇をやっていて楽しかったのは、聴取者から投書がくると、その返事をつぎの回に入れるというやりとりができたことだ。ラジオの家庭を現実と混同して聴く人が多く、あえてキャストは発表しなかった。

「向う三軒両隣り」と同時にスタートした「鐘の鳴る丘」は菊田一夫単独のシナリオで、子どもたちの不良化防止のための連続放送劇だった。戦争によって肉親を失ったり家を焼かれた子どもたちは、靴みがきや物乞いをして生きていた。浮浪児と呼ばれた子どもたちの数は全国で三万とも四万とも言われ、大きな社会問題となっていた。

菊田一夫によると、「終戦の翌年、占領軍ＣＩＥ（民間情報教育局）に呼び出され、ハギンス少佐という人から、浮浪児救済のソープドラマをやれといわれた。そのころ町には食べる物も家もない戦災浮浪児があふれていた。占領軍もこれをなんとかしなきゃならないと考えていたんでしょうね」（日本放送協会編『20世紀放送史』）。昭和二十五年十二月末まで七九〇回つづき、主題歌の「とんがり帽子」（作詞・菊田一夫）と共に大ヒットした。

ところが、アメリカの意図する民主主義のキャンペーンの形を借りながら、日本もしたたかに「向う三軒両隣り」はいつの間にか下町ドラマにすりかえ、一方の菊田一夫も「鐘の鳴る丘」を涙あり笑いありの大衆演劇に書き替えてしまった。「ＮＨＫは何をやってんだ」とＣＩＥのお叱りを受けながら、二つの実験的ソープドラマはお茶の間に定着してしまった。占領軍の意図したちいさなコミュニティは、お茶の間という卓袱台を囲んだ一家団欒の構図でできあがり、一応達成したといっていいかもしれない。

伊馬が書いたラジオドラマの脚本の数々

　同じ昭和二十二年十月に始まったのが三木鶏郎の「もしもしアノネあのねアノネ……これからはじまる冗談音楽」で人気番組となった「日曜娯楽版」である。風刺の効いた一口コントが庶民の人気を得た異色の娯楽番組だ。実は作家グループのなかに、伊馬を始め池田弥三郎、戸板康二、小野英一らが一グループをつくっており、冗談バラエティのコントを覆面で書いたメンバーの一人である戸板は、「五つのグループが交代して毎週台本を作るのだが、私たちは『グレッタント・グループ』という。ジレッタントを愚劣に変えたわけで、『地球はぐるぐると夜昼まわっている』ではじまる主題歌は伊馬さんの作詞で、『ぐれつたんと　誰でも愚劣を愛す』というのが結びだ。吉田ワンマン内閣を風刺した台本を、競って書いていた時代である」（『あの人この人　昭和人物誌』）と記す。脚本料を貰った帰りに、ネタの打ち合わせと称して飲んでしまうのも、昭和二十七年まで続いた。

翌年から放送も芸術祭に参加するようになる。ラジオドラマは競い合い、一気急速に向上していった。さらに春から金曜日の放送劇〝金ドラ〟が始まり、ラジオドラマの黄金期を築いていく。作家陣には「秋元松代、飯沢匡、伊馬春部、内村直也、菊田一夫、木下順二、筒井敬介、北条秀司、真船豊、田中澄江、三好十郎ら、ベテラン、新鋭の作家がさまざまな角度からラジオの可能性、芸術性を追究した」（日本放送協会編『放送の五十年　昭和とともに』）。

昭和二十四年十月、サンフランシスコ講和条約が日米で締結されて、ＣＣＤ（民間検閲局）の検閲は廃止となり、ようやく進駐軍から解放された。二十年代後半には民放も開局して、ラジオドラマの黄金期を迎えた。二十二年のラジオ実験室「ある自転車泥棒の話」、二十四年「膝小僧物語」、翌年「竹取物語」、「年忘れ向う三軒両隣り」など、伊馬の放つ上質のユーモアは、戦後の荒廃したなかから立ち上がろうと苦しんでいる人たちに、笑いとやさしさのひとときを与え励ましたのだった。

この時代の伊馬は「この一週間は目のまわるやうな忙しき執筆せねばならん。がんばる」「やつと今月分を脱稿」など従弟にはがきを書き送っているように、超多忙の日々だった。

昭和二十七年元日の午後四時から十五分間、連続ラジオ小説「吾輩は猫である」を二十七回にわたって放送。原作はもちろん夏目漱石だが、伊馬は名作の脚色にも知識と感覚の深さをもって、原作の良さを的確に表現する力を発揮した。同じ年の正月四日、伊馬の最高傑作とだれもがその名をあげる「屛風の女」が放送された。旅のセールスマンが泊まった古びた宿で、屛風の破れを繕うため貼った口絵の女が現れ出るという幻想的な物語で、「聴覚だけの芸術でなければ表現できない夢多い作品」と海外でも絶賛される。昭和三十八年にはドイツ語訳され、バーデン・バーデンとハンブルグの放送局から放送された。のちにドイツの「ホフマン&カンプ社」発行の『日本ラジオドラマ七選』に収められる。余談になるが、ドイツ語に翻訳したのは鞍手中学校の級友で東京外語大学卒の永富勘四郎で、ドイツ語になったテープを日本語に訳したのはやはり級友の西村富士夫である。

昭和二十八年二月一日、テレビ放送が開始されたが、伊馬はラジオの可能性を追い求めていた。二月、熊本民謡「五木の子守唄」を題材にした「旅びと」を発表。埋もれた民謡を掘り起こし地方色を織り込んだドラマ作りは、伊馬の新しい世界を確立する。「旅びと」

のラジオ放送によって、「五木の子守唄」は電波に乗って全国的に広まった。地方を旅して地方を描くときの伊馬は、どこか自由で楽しげで、そして釈迢空と同行《どうぎよう》二人《ににん》のような作品が生みだされていく。

同年十月、岩手県民謡南部牛追い歌を織り込んだ「ふるさと」、日向民謡刈干切唄《かりぼしきりうた》の「まぼろし」と、つぎつぎに民謡ドラマを発表し、どれも好評を博した。二十年代最後の連続ラジオドラマは一月二十九日に始まり、十一月五日まで放送された「本日は晴天なり」である。「NHKは今までのホームドラマの行き方を変えて、一人の作者で一貫した持味を出そうと試み、伊馬さんに執筆をお願いすることになった」（伊馬春部『本日は晴天なり』序文・片桐顕智）。老若夫婦の日常の生活を対照的にきめ細かく描いた物語である。主題歌も伊馬の作詞で、月曜日はピアノ、火曜日はピッコロ、水曜日はオーボエ、木曜日はクラリネット、金曜日はヴィオロンと、楽器の音をイメージした明るくモダンな歌が流れた。

伊馬にとっては「向う三軒両隣り」以降の帯ドラマは、テレビタレントとして募集された東京放送劇団五期生（黒柳徹子・里美京子・横山道代・新道乃里子たち）のセリフ研修という役目もあった。東京放送劇団は昭和十六年に創立し、一期生に伊馬作品の常連の巌金四郎がいる。二期生以降五期生までのデビューは、全部伊馬の作品と決まっていたのだ。

加えて「本日は晴天なり」は伊馬にとって、小鳩くるみがレギュラー出演したことでとくに思い出深いドラマとなった。当時四歳の天才的童謡歌手といわれた小鳩くるみ（鷲津名津江）扮するマアちゃんが、挿入歌「がんぎんごうの歌」（作詞・伊馬春部）を歌っている。

幼い小鳩くるみの目に映った伊馬は「ほんとに優しいおじいちゃんという感じで、怖い声をだされたとか叱られたとか、そんな記憶はありません。お膝にのっかってお話をしても、目を細めて可愛がっていただいた」と話す。伊馬四十六歳のときである。その後、同じ所属のビクターの行事で顔を合わせたり、小鳩のレギュラー番組「お達者ですか」にゲスト出演したこともある。「いつもかわらない穏やかなお顔で〈よう、元気！　どうしてる？〉とやさしく声をかけられて、遠くで見守って下さっているような雰囲気でした」。

昭和三十一年、「放送劇に新分野を開拓し、優れた作品で放送を充実させた」と前年の民謡ドラマが評価され、「第七回放送文化賞」を受賞。他の受賞者は、落語家の三遊亭金馬、

昭和29年４月，「本日は晴天なり」収録にて

東京電機大学教授の丹羽保次郎、長唄の芳村伊十郎、指揮者のジョセフ・ローゼンストーフ、である。ちなみに昭和二十四年第一回受賞者は、徳川夢声、宮城道雄、山田耕筰の三名だった。

昭和三十年代に入るとラジオドラマも円熟期に入り、新しい試みがなされていく。伊馬は昭和三十年六月二十九日、東京と九州のスタジオを結んでの二元ドラマ「二つのカット・グラス」を放送。戦友が八年ぶりに上京し再会する物語を、両スタジオそれぞれの放送をあたかも同じ場所で話しているようにまとめるというもので、民放初の試みとして注目された。東京側は劇団俳優を使い、九州側はラジオ九州放送劇団でかため、本物の九州弁でローカル色を出した九州側に軍配が上がった。

さらにもう一つの試みは、それまで最長六〇分だった枠を八五分まで延ばした、長時間ドラマへの挑戦だった。題材としてＮＨＫ文芸部が伊馬に持ちかけたものは、群馬県は安《あん》中《なか》藩に伝わる「遠足《とおあし》」の記録だった。現地取材をして書き上げた「安政奇聞　まらそん侍」は昭和三十年十一月に放送された。果たして聴取者を八五分間惹きつけることができたのか、日本放送協会放送文化研究所がパネル調査を行っている。パネル調査とは全国一三〇〇名の放送劇愛好者によるパネルメンバーで、現在のモニター制度である。

事前にメンバーには通知してあり、義務づけられての聴取だったが、約四分の一が聞くことを止めたり、一時中断しており、実験放送としていくつかの課題を提起した。「全体としておもしろかった。五四パーセント」で、まずまずの成功だったといえる。本格的ドラマの芸術性からは遠いものだったが、半数の聴取者を惹きつけたのは「放送劇全体に流れるユーモアが、メンバーの心を捕えたもののようである」と分析する。とくに好評だったのは随所に挿入された馬子唄で、伊馬作品の最も得意とした構成が効を奏したと言えるかもしれない。

伊馬作品の常連である巌金四郎は、伊馬に育ててもらったようなものだと言う。それだけに思い出も多いが、とくに印象に残っているのは、「昔は一週間ぐらい稽古があったんですが、稽古をやる度に台本を直すんですよ。元の原稿がわからないくらい直すんです。役者としては毎日セリフが変わるので困りましたが、それだけ仕事に対しても言葉のひとつひとつを大切にしていたということでしょうね」（NHK番組「伊馬春部を偲ぶ・ドラマ屏風の女」より）。さらに戸板康二は「伊馬さんにとってNHKは、自分の家のような気のおけない場所だったらしい。不愉快なことがあっても、田村町のNHKの玄関をはいると、ケロッと忘れられるといっていた」（『あの人この人　昭和人物誌』）と記す。

昭和三十年代は民間放送が急速に力をつけてきた時代で、戦後の若い作家たちが起用され、ドラマに求めるものが大きく転換期を迎えていた。すべてがテレビの方へ流れ、「ラジオの時代はもう終わった」と、そんな雰囲気が多くを占めていた。

「NHKの場合は、長いお付き合いのあったベテラン作家を大事にしてきたため、若い層への切り換えが民放より五、六年遅れました。しかしその間に、ベテランがとてもいい仕事をしましたね」と、転換期にベテランと一緒にドラマ作りをしていた沖野瞭。しかし、当時のNHKでは「台本供養」と称して用済みの台本はまとめて焼き捨てたり、保存する法的根拠はないと録音テープを片っ端から消してしまっていた。沖野たち当時三十代の若手制作者はこれに危機感を抱き、放送文化を守ろうと、放送済みの台本などをNHKの床下にどんどん隠していったという。伊馬の脚本が現在も残っているのは、沖野たちのおかげと言っていいだろう。

昭和三十五年六月十七日、伊馬は念願だったふるさと木屋瀬を舞台に、テレビドラマ「阿蘭陀かんざし」をRKB毎日から放送した。その日は米国のアイゼンハワーが来日の予定だったが、国内では安保闘争が国会を取り囲み、流血騒ぎになるのではないかと危惧されていた。中継をするテレビ局も来日中止もあり得ると、裏番組を作っておく必要があったのだ。「それで作ったのが『阿蘭陀かんざし』だったが、結局アイゼンハワーは来なかった」と、庄屋の息子を演じた矢野宣。妹が青山京子、その恋人は平幹二郎、スタジオに宿場踊りの一行が木屋瀬から来ての収録だった。矢野は実は、伊馬と同じ鞍手高校

（鞍手中学改変後）出身である。卒業後俳優座に入り「真昼の暗黒」、「マルサの女」などで活躍している。

昭和三十六年、今でこそ当たり前だが、初の立体放送（ステレオ放送）劇に取り組み、芸術祭参加番組として製作することになった。主人公は作曲家志望の青年という設定。音楽家なら最後に大演奏を入れ込めるので、ステレオ放送として盛り上がるのではないか、というスタッフの単純な発想だった。脚本は気心の知れた伊馬に依頼。舞台は大分県国東半島が選ばれた。タイトルは「国の東」である。

広島局から東京へ戻ってきた沖野は、演出助手として「国の東」に参加した。「取材にご一緒しましたが、本当に付き合いのいい方だなぁと思いました」。伊馬は取材する相手に対してとにかくサービスをする。つまらない話も一所懸命聞いている。田舎のおじいさんの要領を得ない話でも、辛抱強くうんうんと聞いている。また山のなかの岩屋に湧き水があると案内されて、万病に効くありがたい水だと、地元の人がカップに注いでくれた。伊馬は「いただきましょう」といって飲んだあと、よく見ると湧き水にボーフラがいっぱい泳いでいる。「だけど伊馬さんは『黙ってなさい』と合図されたので、そのまま宿に帰ったけれど、その晩お腹をこわして大騒動だったんですよ」。

伊馬のお酒好きは有名だが、特急列車で取材地へ向かう途中、夜中に名古屋に停まると同行のアシスタントにデッキに行かせて、ＮＨＫ名古屋局員から温かいお弁当と燗をしたお酒の差し入れを受け取っている。それをディレクターと二人で食堂車で飲み、食堂の終了後は席に戻って朝の三時ごろまで飲んでいたという。「宿でも夜な夜な飲んでいらっしゃったが、つぶれることはなかったですね」。

昭和三十六年十一月三日に放送された立体放送劇「国の東」（主演・加藤道子・巌金四郎・川久保潔）は、「はぜとり唄」、「まてつき唄」など大分民謡を取り入れて構成され、昭和三十六年度文化庁芸術祭奨励賞を受賞した。

昭和二十―三十年代は、企画会議などあって無きが如しのようなものだったという。作家とディレクターは明けても暮れても一緒に飲み、その酒席で仕事の話が膨らみ形づくられていくことが多かった。「先生、何かやりませんか」、「私は○○をやりたいと思っているのだが……」、「それはいいですね。調べてみましょう」と、軽いやりとりから具体的な話へと進んでいき、そのなかからいい作品も生まれてきた。ディレクターは、作家のなかのもやもやとしているものを掬い出して、肥料をやり水をかけ、作家を励まし、作家もまたそれに応えようとがんばった。人と人のつながりを大切にし、育て合うという良い関係を作っていたのだ。それはどちらかが不調に陥ったとき、一方が支え助けるという深い絆によって結ばれていた。そんな「古き良き時代」も三十年代までで終わったという。

昭和三十五年に教育テレビが始まり、大量の職員が採用されるに伴って、組合組織も確立されていく。それまでのどんぶり勘定の鷹揚《おうよう》さは通用しなくなり、すべてが書面のやりとりに統一された。

東京オリンピックを境にラジオドラマの内容も変わった。戦後の焼け跡から必死に生きる人々に、ひとときの娯楽を提供してきたラジオも、聴取対象をインテリ層向けに切り換えた。純文学的なものや西洋演劇の紹介、いい音楽や趣味による豊かな時間、洒落た雰囲気を取り入れた番組で生き延びる、新しいラジオの時代が始まった。その時代を支えたのは大岡信や谷川俊太郎など、詩人の書くドラマだったという。

一方円熟の度をましてきたベテラン作家にとっては、苦境の時代でもあった。新人作家の台頭、急激な時代の変化、視聴者の求めるものの多様化、その流れについてゆけなくなっていた。伊馬のオリジナルドラマは、そのころを境にめっきりと減ってきた。それでもベテラン作家の培ってきた力が生かされる分野がまだ残されていた。若い作家が書こうとしてもできないもの、それは難解な純文学の脚色だった。「ベテラン作家は長い小説の一番大事なところの選び方が非常にうまく、耳で聞いておもしろい表現の仕方、摑み所はさすがでしたね」と沖野瞭は懐かしむ。

伊馬も脚色が多くなった。井伏鱒二の「朽助のゐる谷間」、「本日休診」、セルバンテスの「ドンキホーテ」、太宰治の「かちかち山」、「浦島さん」、深沢七郎の「笛吹き川」、永井荷風の「踊る」、釈迢空の「死者の書」、幸田露伴の「五重塔」、そして昭和四十七年の井上靖の「欅の木」まで、数多くの脚色を手がけた。伊馬の晩年に一緒に仕事をしたNHK文芸部の香西久は、「欅の木」まで三本の仕事をした。「最後の作品はタイトルを書いた原稿用紙一枚だけ、受け取りました。〈ホフマンの舟歌〉をもじって、〈保父マンの舟歌〉でした」。タイトルだけ見ても伊馬らしいユーモアがあり、どんなドラマか聴いてみたかった気がする。

昭和三十四年の皇太子のご成婚に始まり、三十九年の東京オリンピックを経て、テレビは急速に普及した。それに反比例するかのようにラジオの聴取者は激減し、一家に一台のラジオさえ消えてしまった。ラジオで育ちラジオをこよなく愛する伊馬にとっては、辛い時代になっていた。

「各局とも、ラジオは一度も手がけたことのないプロデューサー、ディレクターが、だんだん増えつつある。いきなりテレビの演出助手として養成される。それらの若いディレクターたちが、たまたまラジオの仕事に動員されると、一様にさけぶコトバが『ラジオって楽しいものなんだなあ……』ということらしい。ラジオの無限の可能性に魅せられてしまうのである」(「サンデー毎日」昭和四十一年六月十二日)と、伊馬はラジオの魅力を語る。さらに、「ドラマだけではない。デンスケ一つかついだだけで一〇〇パーセントの取材のできる報道番組においても、ラジオはその特性を発揮する」と、哀しみとも怒りとも思える言葉を重ねている。五十八歳だった。昭和五十年にはテレビ受信契約数は二六〇〇万を超えた。同時代を生きてきた中村メイコは伊馬について「シャイではにかみ屋だった。放送文化の貢献に没頭した方で、放送を通じて庶民の風を吹かせた人」（中村メイコ講演「伊馬春部先生と私」より）と、長年の功績を讃えた。

昭和五十四年、伊馬七十一歳のとき、「『俳優』というもの」について思いのたけを語っている。

近ごろのテレビなどでは、いわゆる「地」と「役」との区別のつかない演伎者――タレントがあまりにも多いのを嘆くからである。いやしくも、舞台に立ち、スクリーンに登場し、ブラウン管に顔を見せるからには、私生活のムードなどいっさい排除したところの与えられた「役の人」に、完全に成り切ってもらいたいものだと思うからである。日常生活のシッポなぞ、「役」の上に断じてちらつかせてはならないのだ。それでこそ演伎者であり、俳優というものであろう。

平成のテレビドラマを見て、伊馬は何を思うだろうか。いや、見なくてよかったのかも知れない。

こだわりの品々

〝こだわり〟は大小にかかわらず誰もが持っているものだが、自他ともに認め、つき合った人たちが口を揃えて同じことを言うに至っては、相当のこだわりに違いない。〝特徴〟〝個性〟と言ったほうが適当なのかもしれない。

伊馬の人柄についてだれかれに尋ねてみても、いつも穏やかで声を荒げることもなく、人の悪口は言わず、真面目で、誰からも好かれる人、呑んでも潰れることはあっても乱れない、果ては聖人君子という答えが返ってきた。「シャイではにかみ屋」と評したのは中村メイコである。では作品はどうか。淡々と日常を掬い上げ、強い主張はせず、悪人も出てこない。いつの時代も現実を寛容し、そのなかで精一杯生きる人たちを描き、不満だとか改革とか絶望であるとかを声高に叫ぶことなく、ユーモアでのり切ろうとしているかに見える。

「別に肩ひじ張って主張するわけでもないし、時代がこうなんだから、こうなんだよと押しつけるわけでもなく、ポーンと投げ出されたものを感じていただく。そのへんが伊馬作品の魅力だと思うんです」と、再び評価される時代が来るのではないかと期待しているのは、俳優の大林丈史。

ところが私生活での〝こだわり〟という面になると、多くの人たちに強烈な印象を残している。食、酒、カメラ、はがきなど、それぞれに「魔」がつくほどで、そちらの方に伊馬春部の個性を見ることができるのかも知れない。

まず〈食〉について。文芸評論家であり、國學院の後輩でもある山川静夫は、著書『名手名言』につぎのように書いている。「伊馬さんは美食家ではあったが、一流料亭というムードを好まなかった。ガード下の屋台や、横丁の小体な飲み屋が似つかわしく、おごらず、たかぶらず『作る人も謙虚に、食べる人も謙虚に、空腹は最上のソース』という料理の極意をしっかり身につけておられた」。ムツゴロウ、エツの刺身、クツゾコの煮付け、アゲマキ、タイラギのジゴ、伊馬が好むものの大方は九州の食べ物である。東京でも、九州の酒や海山の幸を食べさせる店に行くことが多く、また行く店も決まっていた。

伊馬の食へのこだわりは生まれ育ったふるさとにあると言っていい。胃を四分の三も切除し二カ月の入院を余儀なくされたとき、少しずつ回復するにつけ浮かんでくるのは「味覚への恋慕」だったという。家庭料理から一流料亭の料理まで浮かんできたが、そのなかで最も恋しかったのは少年時代から慣れ親しんできた、ふるさとの伝承料理の味覚だった。

つまり伊馬の食へのこだわりの根底にあるもの、それはふるさとの味覚で、それも材料から手順まで同じでなくては気がすまない。たとえばお正月のぞう煮。なんといっても丸餅でなければいけない。昆布とアゴ（トビウオ）でダシを取り、ブリが味の仕上げである。具は人参・大根・椎茸・里芋・カマボコ・かつお菜で、しょうゆ味。さらにこだわりは盛り付けにあった。まず大輪島の大椀に大根の輪切りを一枚、その上にセイロで蒸した丸餅を数個入れ、さらに野菜とブリをのせ、一番上には茹でたカツオ菜を盛り、最後にすまし汁をたっぷりかけるとできあがり。すまし汁と一緒に煮込んではダメなのである。

伊馬は餅にまったく目がなかったらしいが、好きなものは餅だけではない。土筆の玉子とじ、がめ煮、棒鱈の煮しめ、柿の葉ずし、鯨の筒わた・豆わたなど、すべて料理上手の伯母のレパートリーで、伊馬が帰郷するときには必ず作って待っててくれる。決して値段の高い素材ではない。伯父の家では食べ盛りの子どもが九人に、薬局の局員、そして俳句の仲間たちが加わり、いつも大人数なので大鍋で炊く。それがまた味を引き立てる。土筆は遠賀川の土手に行けばたくさん生えており、卒業式や遠足などでは自分で摘みに行き、ハカマを取って一品を添えるのだった。

伊馬にとって伯父の家での忘れられない料理といえば、「闇汁」である。王樹を中心に句会が盛んで、「十夜吟」というのがあったのだが、十日間句会をつづけ最後の日の仕上げに「闇汁」を食べ、句を詠んで終了となる慣わしだった。材料は参加者全員の持ち寄りで、誰にも分からないように、湯のたぎっている大鍋に放り込み皆で食べる。あるとき王樹の三女の保子は「鍋をすくいあげると大きな草履が出て来たのでびっくり。よく見ると昆布で編んだ草鞋だった」こともあり、芋が丸ごと入っていたりと材料は茶目っ気にあふれ、俳句の高名な先生から子どもまで平等に鍋を囲んでいた。そんな雰囲気が最高の調味料だった。料理は気取って食べるものではない、というのが伊馬の持論であった。

後年、福岡出身の七人で「木槿連《もっきんれん》」という飲み会を作った。ルールは酒も肴も一汁一菜持ち寄りとし、闇汁の懐かしさを重ねたのかもしれない。伊馬は田舎のお祭り式だと表現する。

ぞう煮の話になったついでに、正月のこだわりがもう一つあった。伯父の家では子どもたちが必ず準備をしなくてはならない物があった。それは、栗箸である。庭の栗の小枝で、自分のぞう煮用の箸を作らなければならないのだ。裏庭の荒神様の横でマキを焚きながら、子どもたちは肥後之守で小枝を削り、台所では伯母がぞう煮の仕度をしている。伊馬の正月迎えの原風景である。

箸といえば、折口家での正月準備を思い出す。大晦日、折口は半紙を折って箸袋を作り、白木の箸を入れていつも訪れる一人一人の名前を書く。三が日の間その箸を使うのだ。それぞれの地域や家庭でしきたりは違うが、正月を待つ心準備には共通するものがあった。

こだわりと言っていいのかわからないが、戦後、「歯語館」（伊馬の自宅の庵名）を訪ねた従妹たちが、今も驚きをもって話すエピソードがある。伊馬が従姉妹たちにカレーライスを作ってご馳走しようという。ところが夫人が「馬鈴薯はどう切りますか」「ニンジンはどう切りますか」と、材料の切り方一つひとつ伊馬に教わりにくるのだ。カレーライスがまだ珍しいころで、作るのが初めてだったのか、それとも切り方から伊馬にこだわりがあったのか定かではないが、従妹たちはひどく印象に残っているという。

食事だけではない、当然酒の肴にもこだわりがあり、好みの肴を出す店が行きつけの店になる。伊馬の酒は「はしご酒」で有名だが、酒が好き、というよりも雰囲気を楽しむのか、とにかく長い時間をかけて呑む酒のようだ。中学生のころは奈良漬でも顔が真っ赤になったと聞く。荻窪時代からの友人・檀一雄は「今は大酒飲みになりましたが、あの頃、伊馬春部氏は余り飲まなかったものです」（「櫻桃の記――もう一人の太宰治」公演パンフレットより）というように、もともとは飲めない人だったようだ。

ムーラン・ルージュ時代は文芸部仲間と飲み、井伏鱒二・太宰治らとの荻窪時代は、飲み始めて気がつくと夜が明けていた、というように、会えば飲む、飲むために会うというほどである。当時は酒の場で仕事が決まることも多かったようで、酒に強くなるのもやむを得ないだろうと思ってしまう。

昭和二十五―六年ごろ、伊馬を訪ねた王樹の二男・阿部春鳥（東吉）は、飲みに連れて行かれ「よく飲む人やなあ」と思ったのが第一印象だったという。

『おい、行くぞ！』と、どんどんはしごをして何十軒とまわる。どの店に行っても『イマさん、イマさん』とみんなが知っていた。あと一本、あと一本と店を替え、飲みだすと長かったですね」。それもおばさんがガード下でおでんを出すような、庶民的な店が多かった。

伊馬と飲み歩いた翌朝、しばしば伊馬の電話で起こされた、というのは作家の上野一夫。その「日本文士列伝」からは、困り顔の上野と伊馬の姿が目に浮かぶようである。

「『もしもし、昨夜、僕はあなたと何処で別れましたか』『渋谷でした』『渋谷の、なんという店ですか』『さァ、おぼえていませんが……』『困りましたねえ、また、カメラとラジオがなくなりました』。それも一度や二度ではない。心当たりをさがしてやっと見つけ出したことも……」

とにかく、伊馬のはしご酒は誰もが知るところで、忘れ物や酔って階段から落ちるといったことは珍しいことではなかったらしい。

伊馬は仕事上、交友関係も広く、また集まるのが大好きでもあった。数人の顔が揃うと、すぐに「○○会」と銘打って、飲む口実になる。たとえば福岡県人七人の「木槿連《もつきんれん》」、遠賀川筋出身の文化人「川筋会」、NHKの國學院出身者の親睦を兼ねた「渋谷会」。自宅の緑ヶ丘に人を集めると「グリーン・ヒルズ・パーティー（GHP）」となる。「伊馬さんは淋しがり屋だけに、ガヤガヤ集まるのも好きだった」と語る元NHKの受川格は、伊馬の指導を仰ぐラジオドラマ研究会「ら、たくらーが」のメンバーだった。まずウィスキーで始まるこの会は「がらくた等《ら》」の伊馬の命名通りに終ることになるが、名前どおりドラマ作家になった者は一人もいない。昭和二十一年から三十五年くらいまで続いている。

ふるさとに帰ったときも、まず酒にはじまる。「〇時ごろに帰るので友人を集めるように」と事前に友人にはがきで頼んでおき、飲み出すと長かった。連絡が間に合わない急な帰郷のときは、伯父の家で飲みながら電話をそばに置き、「俺は今、こっちに来とるぞ」と、時間に関係なくつぎからつぎに友人に電話。来とるというのは「出て来い」という意味で、友人たちが集まってくると一人潰れ二人潰れても最後まで飲んでいた。いつも備前焼の盃を袋に入れて持ち歩き、心《しん》からおいしそうに飲む。「愛すべき酒仙」と言ったのは中学の同級生・神谷寛市である。従弟たちは「のんべえ春部」とかげで呼んでいたという。

また、伊馬は校歌や社歌をたくさん作っており、現地調査に訪れると関係者はあちこち案内し接待するのだが、「よく飲む人でした」、「飲むと長くて……」と口を揃えて話す。真夜中に連絡の電話が入り、寝ぼけ眼で受話器をとった、という学校関係者も多かった。

自動車事故で三カ月ほど入院を余儀なくされたときは、酒を一滴も口にできなかった。するとアルコールの禁断症状が出て悪夢にうなされる。伊馬はアル中だったのだ。四十数日経ってやっと院長のお許しが出たときの伊馬の喜びようは、のんべえならではである。

「しかしギプス・ベッドに仰臥の身、酒もビールも、すべて急須に入れての楽呑みシステムである。付き添いのおばさんは哀れんでくれたが、急須の口から吸うと、のどの壁への当たりぐあいがまことにいいあんばいで、やはり酒は天下の美禄であった。病室で飲む酒は一段と味わいのふかいものである。禁じられた遊び――にも似た心境であろうか」(伊馬春部『土手の見物人』）。その後も毎日薬用と称して酒を絶やさなかったと書いている。

しかし、晩年になるとさすがに飲んでる途中で眠ったり潰れることも多く、誰かが必ず自宅まで送って行くように申し合わせていた。歌会始の召人《めしうど》として宮中へ行ったときも、手の震えを止めるため、ポケット瓶を隠し持ってトイレで飲んだというエピソードも残っている。

晩年、伊馬自身も飲んでいるとふっと、戦友・迫田義澄の直言が頭をよぎるようになった。「イマちゃん、あんまり飲みすぎなンなや。命あっての二合半バナ……」。友の気遣いがうれしく、「小半《こなから》(二合半)」徳利に戒めのつもりでその文字をいく度も書いてはいるのだが……。

ただ、酒自体は〝こだわり〟というわけではなく、ただの〝のんべえ〟である。

いつも体から離したことのない必需品といえば、カメラとトランジスタラジオがある。酔って忘れることも多々あり、次々に新しいものを買っては持ち歩いていた。

「伊馬さんのカメラの腕は、特に優秀ともいえないが、撮すのが好きで、被写体にされて迷惑する者も多かった。私もその一人で『写難の伊馬さん』と面と向っていった。私は元来、撮されるのが嫌いで……（略）……ところが、伊馬さんと旅行をしたりすると、しじゅうカメラが私のほうにも向けられる」と戸板康二は『あの人この人　昭和人物誌』に書いている。

「写魔」と呼ばれるほど写真を撮りまくり、友人・知人がテレビに出ているとその画面を写して焼増し、きちんと送っているところは律儀な性格のなせるわざである。しかし、「すべて、善意に充ちているのだから、文句をいったら申し訳ない話だが、少々わずらわしい気のする時もあった」と正直な気持ちを書けるのは、戸板の親しさだろう。

伊馬は語る。「人さまから、写難々々と蔑視されるようになったそもそもの原因は……」昭和十年にＰＣＬ映画の文芸部嘱託になったとき、三好十郎と親しくなった。その三好からすすめられてベビイパールを買ったのが始まりで、シャッターのこと、絞りのこと、フィルターのこと、はては構図からトリミングにいたるまで、熱心に指導してもらった。「つまり三好さんによって、私は写魔になったのである」（劇団文化座「冒した者」公演パンフレットより）と、写魔であることを自他共に認めている。

先述の交通事故に関するおもしろいエピソードがある。昭和四十一年十月、天草五橋の見物に出かける途中、車が土手下に転落してしまう。背中や腹部に息もつけないほどの痛みを感じながら土手を見ると、野次馬が集まってくる。それを伊馬は見上げながら、「あいつらの群像をカメラにキャッチできないのをしきりにくやんだ。——ぜひこの仰臥の位置でシャッターを切るべきであった」(『土手の見物人』)と悔しがっている。第二胸椎を圧迫骨折で入院中、見舞いに訪れた友人たちをベッドに仰臥したまま写した写真には笑ってしまう。魔が付くのもうなづけるというものだ。

伊馬が愛用したカメラ

ところがその「写魔」が役に立つことがあった。昭和二十四年の暮のことだ。折口信夫は送られてきた二着分の洋服の生地を仕立て、それがけっこう気に入って、「先生は楽しそうで、いつもは写真を撮られることが嫌いなのに、『服の新しいうちに写真を撮っておくれ』と、自分から伊馬さんに頼んで、大森駅の上の山王さんの境内で、写真を撮ってもらった」(岡野弘彦『折口信夫の晩年』)という。岡野もそれがよほど珍しかったのだろう。

トランジスタラジオは伊馬の身体の一部になっており、片時も手放したことはないという。散歩のときもラジオを二つ携帯し、二つの局の番組を同時に聴いている。風呂にもトイレにもラジオは離さない。相撲や野球のあるときは飲んでいるときでも、会議中でもイヤホンで聴いていた。「常に携帯ラジオを持って、誰が何の番組に出ているか知っていらした。そして『矢野君、それ聞いたよ』とはがきが来ましたね」と俳優の矢野宣は、伊馬を細かい心遣いの人だと言った。

伊馬はラジオの黄金期を支え、ラジオで飯を食ってきた世代である。テレビにない良さを十二分に知り、限りない愛着もある。ラジオの衰退を悔しい思いで感じていたに違いない。仕事しながらでも聴ける。洗濯しながらでも、料理しながらでも、入院したときも慰めてくれたのはラジオ。お風呂のなかでシャボンだらけになっても聴くことが可能なラジオ。ラジオという音だけの世界から無限に広がる可能性と想像力。ラジオとともに生きた作家がどんなにその魅力を語っても、時代という大波がかき消してしまう過酷さのなかで、伊馬とラジオはイヤホンという絆で終生結ばれていたのだろう。

「飲み屋の卓上に置いてききたい番組があると聴くので、周囲で眉をひそめる人もいたが、この癖も生涯ぬけなかった」（『あの人この人　昭和人物誌』）。

仕事で旅の多い伊馬だが、「旅行カバンが大きかったですね」と、晩年の十数年近くにいたルポライターの舟越健太郎。その大きなカバンには、複数のカメラとラジオはもちろん、さまざまなこだわり品が詰め込まれているのだ。わかっているだけでも、二十五万分の一の地図が数枚、万年筆が十本ほど、原稿用紙、はがき十枚程度、フイルム数個、胃腸薬や風邪薬など薬品数種類、などなどである。伊馬の長女・梢子が高校の新聞に「私のパパ」と題して書いた文に、カバンにふれた箇所がある。「洗面道具入れの袋がおかしくなるほどふくれているので、そっとあけてみるとなんとヘアートニックのびんが二本も入っていて、大きなヘアーブラシまで詰めこんであるのです」。その作文を知った伊馬は「全く油断がならぬ」とおもしろがって、新聞の切り抜きを親戚に送っている。

「筆まめだったですね。一枚のはがきに、まず黒で書き、二伸は赤、三伸は青といった具合に三通りの文章を書いてくるんです」

立体的に文面が構成されていることも、矢野宣にとっては敬服に値するという。

とにかく伊馬は筆まめである。「ぼくはよく人にハガキ魔などと言われるが……」と、本人もよくわかっているようだ。いつ、どこでも書けるように、カバンのなかにはつねにカラーインクの万年筆とはがき数枚が入っている。走る電車やバスの中であっても、喫茶店やレストランの卓についているときであっても、ひまさえあればハガキを書いている。はがきも、すでに印刷されたものや、往復はがきの返信用に印刷されたものの上から、あるいは文面を塗りつぶし、余白に文章が綴られているものや、揺れる車中で書いたのか、はたまたアルコールが切れていたのか、字が揺れて読みづらいものもある。カラーインクを手に入れてから、うれしかったのか、色使いもカラフルになった。新しもの好きで、新製品には目がなかったようだ。まるで絵画のように多色使いを楽しんでいる。

内容については、何月何日に寄るから人を集めてくれ、自分の放送がいつあるから聴いてほしい、書いたものが載るので読んでくれ、などのお知らせが主であるが、友人・親戚の誰彼にこまめに連絡している。いまで言えばメールや携帯電話の代わりである。

〈薬〉についても非常に関心が強かったようだ。伊馬の生家は「生薬屋」で、小さいころから胃腸の弱かった伊馬は、なにかと薬を飲まされており、また母親の実家も薬店で、従弟は薬品会社を興している。薬の知識は深く、はがきで体の異常を訴えては、薬の所望をしている。

「春昼」と題したエッセイのなかに「蟇の交尾の季節になると、必ず私の眼がむず痒くなるのだ。きまって瞼のうらを掻きたくなってくるのである。さういふ現象がはじまると、私は毎年、春の迫ったことを悟らされることになってゐるのだ。それと同時に、くしゃみと水洟を連発するやうになる。即ち風邪の症状である」とある。間違いなく伊馬は花粉症である。「漢方薬にとても関心があり、家に常備していました」と、次女・匣子の記憶にあった。伊馬は薬好き・薬依存症の部類に入るだろう。後年、風邪薬のコマーシャルソングを作詞した関係で、製薬会社から薬が送ってくると、うれしい悲鳴をあげていたという。

そして、作家としてのこだわりの最たるものは、やはり〈言葉〉につきる。短歌を詠み、折口の厳しい言葉の教えを受けただけあって、語彙が豊かで美しい。「まるで歳時記を読むようだ」と話すのは舟越健之輔。ドラマのセリフは美しい（正しい）日本語を使い、礼節を重んじる生き方が根底を貫いており、日本人が忘れてしまった「日本のよさ」が、伊馬の作品にのこされている。

芝居好きの山川静夫はある小宴で、伊馬が紹介した人が大劇場の支配人と知って嬉しくなり、「すると、あなたのお名前を言えばタダで入れてくれますか！」と大きな声で言った。しばらくして伊馬が山川の膝をつついて、「山川君、タダはいかん、タダという言葉は下品だ。そういうときは〝便宜をはかっていただけますか〟という言い方だってあるだろう」とさとす。「タダで見よう」という心のいやしさを諭されたのだと山川は赤くなった。またあるとき、酔っぱらった伊馬から「近ごろのアナウンサーの言葉遣いは、どうなってるんですか、などというお叱りをいただいた」（『名手名言』）こともあったという。

はがきに筆を入れる伊馬

さて、いろいろと伊馬の個性を拾いあげたが、もう一つ加えるものに、「遅刻癖」がある。とにかく約束時間に必ず遅れる。伊馬に食事に誘われたが「時に一時間以上も待たされて困ったよ」という院友の話。四鞍会の集まりも「例の如く、伊馬君が定刻におくるること十五分」と、あちこちからため息とあきらめの声が聞こえてくる。

だが、憎めない人柄のようである。

旅ものがたり

■屏風の女［昭和二十七年一月四日　ＮＨＫ放送］

伊馬の代表作といわれる「屏風の女」の舞台である金沢市鶴来町《つるぎ》。その地名から毎年鶴が飛来する山里のイメージが湧いてくるが、どうやら違うらしい。かつては剣《つるぎ》であったが、疫病の大流行があり、白山（剣が峰）の神の山の文字を町名にしている禍いだということから、鶴来の字を当てたのだという。

昭和二十六年十月、伊馬は折口信夫の民俗調査のお供をして、池田弥三郎・岡野弘彦の四人は鶴来の町で一泊した。「屏風の女」はそのとき泊まった宿の印象から生まれた作品である。伊馬はこのドラマについてつぎのように話している。

「そもそもの発想は、ある人のお供をして加賀一ノ宮に行ったとき、一泊することになりましてね。古い中三階建ての旅籠があってそこで一泊したんですが、お風呂へ行くにもお手洗いに行くにも階段を下りてぐるぐる回って行かなきゃならない。その曲がり角で必ず衝立にぶつかりましてね、ある高貴な方の口絵写真が繕いのために貼ってあり、否が応でも目がばったり合うんです。それが頭にあったので発想を発展して思いのままに書いたというわけです」（ＮＨＫ番組「伊馬春部を偲ぶ・ドラマ屛風の女」より）

――某月某日、加賀の国、亀の森の里はしぐれてゐた。いや、しぐれといふよりみぞれである。私の泊った宿は「藤六」といふ古風な三階建の旅籠だったが、三階建と思ったのは見まちがひで、私の案内された部屋は、その三階の部屋のわきからいはば天窓にぬけるやうな穴を、更に段梯子をみしく鳴らしながら上る小部屋だった。

物語は、万年筆のセールスマン・久丸叟助の日記の朗読からはじまる。これだけで普通の商人宿とちがう雰囲気が伝わってくる。久丸が眠っていると、夜中に女が現われ起こされる。

女　―あなたさまの枕もとに、さきほど女中さんが立ててまはして行った四枚折りの屛風……あの中の女でございますよ……（略）

久丸―だって……だって……屛風の絵の女だなんて云ったたって、きみはただ、屛風の破れに貼ってある雑誌の口絵ぢゃないか、口絵の写真ぢゃないか。

女は自分を屛風からはぎ取ってくれと頼むのだ。そのわけは、「私がこの御老人の上に貼られてをりますばっかりに、御老人、日の目も見ずにいらっしゃいますんですわ」と、その下に隠されてしまっている老人が可哀相だと女は嘆願する。

もともと屛風に描かれていたのは、「聳えたつ谿谷にか丶った釣り橋を一人の白髪の老人が杖をついて渡っている」という図柄なのだ。その破れに口絵の写真が貼ってある、という二重の伊馬の発想に、このドラマの魅力があった。脂の乗り切ったときの作品、そんな作家の力がみなぎっている。

「屛風の女」が収められたドイツ・ホフマン&カンプ社発行の『日本のラジオドラマ七選』と台本

女　—美術史上にも由緒のある名画の人物でいらっしゃることに気づかない人ばかり
……

久丸は女の願いを聞いて、屛風から口絵をはいだ。

老人—やあ、ありがたう、ありがたう、これでさばさばした、あ丶…かうして思ひきり両手がのばせるのは何年ぶりかなあ……

さらに老人は向こう岸へ渡してほしいと頼む。この深山幽谷に閉じこめられているのが、つくづくいやになったというのだ。幻想的な夢の世界が展開し、口絵の女は久丸の家の額に納まったところで終わる。

ドラマのなかに、和歌や「とりな歌」が使われて、教養に裏打ちされた作品となり、ユーモア作家から「旅ものがたり」の分野を生み出す第一作となった。

「とりな歌」とは明治三十六年に一般募集された新しい「いろは歌」である。

叟助――「とりな歌」？　何のお呪ひですか？

老人――呪ひではない。つまりは「いろは歌」ぢゃな。いろはにほへとちりぬるを……
　あれはいかにも旧式でな……

叟助――さうすると、やはりイロハ四十八文字……

老人――おう、それよ、それよ……わしの大好きな歌ぢゃよ

〈とりなくこゑす　ゆめさませ　みよ　あけわたる　ひんがしを　そらいろはえて
おきつべに　ほぶねむれゐぬ　もやのうち〉（坂本百次郎作）

鶴来は古くから白山信仰の中心地として参拝客が訪れ、白山比咩《はくさんひめ》神社の門前町として栄えてきた。江戸時代に加賀の藩主が、加賀一ノ宮への月次詣《つきなみもうで》に用いた金沢の犀川から鶴来本町まで「鶴来街道」と呼ばれた。町内には寺が三十六もあり、金沢より早く拓けたところだという。

役場前の県道を西へ二―三キロ歩くと、白山比咩神社に着く。伊馬の泊まった宿はどのあたりだろうか。二百五十年の歴史をもつ「小堀酒店」のおかみさんに尋ねてみると、「戦前戦後を見ても、鶴来に旅館はありませんよ」という。白山比咩神社の近くにも旅籠どころか店も人家もなかったという。ではどこに四人は泊ったのだろう。おかみさんが言うには「遊郭のあったところではないですか」。かつて鶴来には金沢を凌ぐ貸座敷業があった。つまり遊郭街のことで、大正中期から昭和の初期にかけてが全盛期で、時代の流れとともに宿屋や飲食店になったりと、姿を変えていた。

そう言われると納得できるものがあった。「屛風の女」に描かれた宿は中二階の造りであったり、天窓にぬける穴のような通路であったり、各部屋に屛風が置かれている雰囲気は、遊郭といった艶めかしさが漂っている。伊馬が想像力をかきたてられたのも、ふつうの旅籠にはない部屋の造りにあったのかも知れない。

「屛風の女」はドイツ語に訳されて放送され、ドイツ・ホフマン&カンプ社発行の『日本のラジオドラマ七選』に収められた。ドイツの出版者から謝礼を送るという電話があったとき、伊馬は謝礼はいらないから貴国の一番いい万年筆を贈って欲しいと頼んだという。
「はがき魔」と言われる伊馬らしい。

■旅びと［昭和二十八年二月六日　NHK放送］

〈おどま盆ぎり盆ぎり　盆から先や居らんと盆が早よ来りや　早よもどる〉

「現在流布の曲調にて」とことわり書きで、冒頭に熊本民謡〝五木の子守唄〟が流れ「旅びと」は始まる。続いて鞠つきをして遊ぶ村の子どもたちの〈あんたがたどこさ　ひごさ　ひごどこさ　くまもとさ〉のわらべ唄が流れ、ナレーションによって一人の旅びとが登場。

ここに　一人の旅びとの
花をかざして来れども
まなこの翳り　いかにせむ
心の底の奥ふかく憂ひをいだく人なれば……

妻を亡くした男が、九州は南の果てにある妻の実家へ四歳になる娘を預けて、東京へ帰る駅の構内で子守の少女が唄う子守唄に足を止める。その唄は亡くなった妻が時折口ずさんでいた〝五木の子守唄〟だった。男は子守唄に誘われるように、急に五木村へ行ってみたい衝動につき動かされ、山へ山へとわけ入って行くのだった。

「そんな奥深い山の中に、どうして私が……はいりこんだのか」

五家荘《ごかのしょう》から五木村へ越える山道は、一二〇〇メートルから一七〇〇メートルの高い山々が幾重にも重なった峻険な山岳地帯である。危険は多く目的地へ辿りつける保証はない。

「なろうことなら、私は……そんな山奥で行方知れずになってしまいたかった」

男の引きずっている暗い過去が語られる。

「私は戦争中、一兵卒として大陸に狩り出されたのですが、密閉された貨車のすき間から、ちらとかいま見た中国の都会の、あのたくさんの人間の雑踏……あの中にまぎれこんでしまったら、どんなに幸福だろう……と幾たび空想したことでしょう」

男の言葉のなかに、伊馬自身の半年足らずの中国での戦争体験が語られる。男は五木村への山道を辿りながら、村人から子守唄を聴く。それは同じようだがメロディは微妙に違っていた。詞もよく聞くと様々で、子を寝かす子守唄とはほど遠いものだった。貧しい農家の子守奉公に出された少女たちの、抵抗と不満の唄が多かった。

〈おども親なし七つのとしで　よその守り子で苦労する〉

〈つらいもんばい他人のめしは　煮えちゃをれどものどこさぐ〉

「やっぱり、奉公人としてのひがみ根性の出ているものほど、心をうつものがあるようですね」と伊馬は男に語らせている。

なかには子守りの少女の唄ではなく、勧進（乞食）と呼ばれる人たちの虐げられた怨みの声も混じっていて、男は子守唄のなかに自分の人生を投影するほどの衝撃を受けるのだった。

〈おどま勧進々々　ぐわんから打ってさるこ
ちょかでまま炊いて　堂にとまる〉

銅鑼のようなものを打ち鳴らしながら、物乞いして歩こう、さまよおう、そして土鍋のようなものでめしをたいて、行き当たりばったりお堂に泊ろうという意味だろうか。男の目には、唄われたころの村の風景と哀しい出来事が現実のように浮かんできた。

村はずれのお堂に住む、「をぢしゃん」のもとへ遊びに来る村の女の子。「をぢしゃん」の話を聞くのを楽しみにしていた。ところが村人に見つかり「をぢしゃん」は「早よう出て行け、いね！」と石や棒で叩かれ追われてしまう。「をぢしゃん」は妻に死なれ赤ん坊を抱えていた。それでも村人は容赦なく追いまくる。――泣く赤児を守りながら、おのれも悲鳴を上げつつ、追われ行く――。

〈おどんがうつ死《ち》んちゆて　誰いが泣いちくりゆか　うらの松やま　蝉ばかり〉

男は「をぢしゃん」の抱く赤児の泣き声がいつまでも頭から離れなかった。「娘はどうしているだろうか」。妻の実家に預けてきた娘と重なっていた。東京へつれて帰ろう。そう決心した男は妻の実家に引き返し、夜には東京へ向かう汽車の中に並んで座っていた。「なんとかなるであらう……この子と二人きりでも……なんとかなるであらう……しよせん、人の世は旅――永遠の旅である……私は一個の旅行者……旅びとにすぎないのだ……」

ドラマのラストである。

短いドラマのなかで子守唄は二十四回も挿入され、解釈され、男の足どりを示す地名や風俗がリアリティを与えていた。ドラマは哀愁切々たるメロディとともに電波にのり、全国の人たちの胸に届いたのだ。

五木村はかつて、五木三十三人衆と呼ばれる地頭が土地のほとんどを独占し、小作人は名子として土地を借りて耕作を行っていた。その代価の一部に子守奉公があった。言い換えると期限つきの奴隷制度のようなものである。

「五木の子守唄」が発見されたのは昭和五年のことで、すでに五木村では消えかかっていたという。分散していた子守唄を二年かけて採集・採譜したのは人吉の小学校教諭・田辺隆太郎だった。「五木四浦地方の子守唄」はガリ版刷りの「九州民謡綴」に収められ、かろうじて残されていた。

消えかかっていた「五木の子守唄」を全国に広めたのは、NHK熊本局の音楽プロデューサー・妻城良夫の並々ならぬ一念だった。昭和二十四年に熊本局に着任した妻城は、資料の山のなかから「九州民謡綴」を見つけ、五木の子守唄と出合った。そのメロディは胸に迫る哀感がただよい、人を惹きつけずにはおかないものがあった。このすばらしい唄を全国に広めたい、妻城は決心した。その後、ことある毎に電波にのせ、歌手の音丸や照菊によってレコーディングもされたが、いまひとつ広がりは弱かった。

「五木の子守唄」の元唄はすでに分散されていて、口から口へ伝わったものを採譜したため、これが正調だというものはないという。つまり五木だけでなく、人吉までの川辺川に沿った地域の唄になっていた。採譜した田辺も「五木・四浦地方」としたのはいろんな民謡のごった煮だったからだ。何より妻城が困ったのは、メロディが二拍子と三拍子のものがあったことで、まずその整理をしたかった。妻城はそれまでの三味線・尺八・琴の演奏ではなく、「ハモンドオルガンで演奏して、録音をとって欲しい」と、当時NHKの人気番組「鐘の鳴る丘」の音楽を担当して人気があった古関裕而に依頼した。

依頼を受けた古関は取材で五木村へやってきたが、そのとき同行したのが伊馬だった。古関はそのときのことを「民謡をあなたに」（ＮＨＫ監修・日本放送出版協会編）のなかでつぎのように書いている。

「――伊馬春部氏も同行されて寒い二月に人吉市に行った。そこから五木村に入るはずだったが、雪が深く道路事情も悪いということで、人吉市で現地の人と会い子守唄を聞いた。初めて聞いたこの唄、何と素晴しい唄であろう。こんな哀愁のこもった唄は聞いたことがない」

古関は帰京して編曲・録音をすると、妻城に送った。熊本局は番組終了後のバックグラウンドに「シューベルトの子守唄」を流していたのだが、昭和二十六年から「五木の子守唄」に切りかえた。最初は熊本局だけだったが全国放送となり、徐々に広がっていった。古関は翌年の東宝映画『戦国無頼』の挿入歌として山口淑子に歌わせている。

昭和二十八年、伊馬のラジオドラマ「旅びと――

「旅びと」の舞台・五木村（熊本県）

五木の子守唄」は全国放送され、唄とドラマによって聴く人の心を摑み一気に唄は知られるようになった。伊馬は「ガイドさんの哀調は、私の心をゆさぶってやまなかった。こんなドラマチックな民謡が、またとあろうかと、私はしきりに興奮したのだった。その興奮が、私をそのご、五木村や五箇庄までひっぱって行ったことになるのだが――」（「鹿おどし」連載第九）と、はじめて耳にした日の感動を綴っている。

まだテープレコーダーのなかった時代で、伊馬は耳で覚えた「五木の子守唄」を自分で唄いながら口伝えで教えたのだ。俳優の矢野宣にも「どこかで唄うハメになったとき、これを唄いなさいと教えてくれました。あれは子守唄ではダメだよ。〽おどまぼんぎりぼんぎりー〽と厳しく唄う。これが唄の原点だよ」と伊馬は背中の赤ん坊をはげしく揺するようにして唄ってみせたという。

五木の子守唄は採集された詞だけでも七十余あり、定説になっている子守奉公の辛さの唄というだけでは解釈できないという。つまり子守娘たちは辛い奉公であっても帰る家がある。貧乏でも勧進ではない。勧進も非人・勧進聖・韓人など、その背景は多岐にわたっているのだが、では伊馬はなぜ少数意見の中から「をぢしゃん」という「非人」を選んだのだろうか。

そのひとつの答えを松永伍一の『日本の子守唄』から見つけた。

「五木の子守唄は、被差別部落の民と子守り娘たちとの合作であり、そこからは精神の深みに根ざすリアリズムが、流浪の痛みをかろうじて癒そうとした共感の声が聞こえてくる」という。であるならば、悲惨な戦争体験による虚無感と自己喪失の男との接点が浮かびあがってくる。追われて行く「をぢしゃん」と「泣き叫ぶ赤児」は、現実から逃げようとしている男の姿と重なる。男は赤ん坊をとり戻すことで（自分の娘に置きかえて）、明日の命を取り戻したのだ、と解釈すると、「生きていく希望という力」を見出すエピローグは納得できるのだが、深読みし過ぎているだろうか。

■安政奇聞　まらそん侍〔昭和三十年十一月五日　ＮＨＫ放送〕

「安政年間である。――あかつきの空を震わせて殷々とひびくは、上州安中城の太鼓櫓にある『刻のお太鼓』である。はるか十里四方になり渡り、風に乗るときは遠く武州の熊谷土手まで轟き渡ることもあると云う安中藩自慢の大太鼓である――」で始まる「安政奇聞　まらそん侍」。

上州安中藩で十五代藩主甘雨公板倉伊予守勝明公は、わずか三万石だが漆産業をおこし文学と強兵づくりに力を傾けた名君だった。安政二（一八五五）年、その勝明公が藩士の心身鍛錬を目的に取り組んだ「遠足《とおあし》」のコースは、安中城大手門をスタートして中仙道を一路、碓氷《うすい》峠の熊野権現まで七里七丁（二九・一七キロ）。侍たちは大小を背負い袴をつけた稽古着姿で駆け抜けたという。

　現在、安中城跡には文化センターや小学校が建っていて偲ぶよすがもないが、大名小路の道筋には「碓氷郡役所」、「郡奉行役宅」、「武家長屋」などが復元されて、往時の城中の様子を見ることができる。本丸に沿った城の端に「安政遠足」の記念碑が建立されていた。

　そもそもドラマ作成のきっかけとなったのは昭和三十年五月、松井田町旧峠町の碓氷権現神社の宮司を務めた社家・曽根家の古障子に貼りつけられた古文書の「安中御城内御諸士御遠足着帳」の発見だった。その記録によれば安政二年五月十九日、五十歳以下の藩士九十六名を十六回に分けて徒歩競争させたとある。そのことが「朝日新聞」紙上に「日本最古のマラソン」と紹介された。

　その記事を見た当時NHK文芸部の湯浅辰馬が興味をもち、それをドラマにしたらおもしろいのではないかと伊馬に話を持ちかけた。八月と十月に取材に訪れた伊馬と湯浅を地元の人たちは、追分唄の名手まで同道して渋い馬子唄を聞かせながら遠足コースを案内したという。その取材の時期が秋だったせいか、本来は五月六月に行われた「遠足」がドラマでは「秋も深く、碓氷峠に紅葉映ゆるころ」となっている。

　発見された古文書には、五月十九日から六月二十八日まで十六組九十六人が走った、その参着順氏名が記されていたが、伊馬は「この記録の最終日の参着人数が二名となっているのに御不審をいだかれるむきもあろうが、そのことの次第はこの物語によって判明する」と、そこにイメージを膨らませ架空のストーリーを展開させていったのだ。取材によって地名・風景描写でリアルさを出し、何より物語に挿入された馬子唄が地域色の効果をあげている。

伊馬は県境の熊野権現前のゴールから下りのコースをとり、名所「覗き」では足を止めてその光景に歓声をもらし、あと一息で坂本だと安堵したときだった。伊馬はアッ！と悲鳴を上げた。なんと伊馬の両足から六カ所も血が噴き出している。山蛭だった。地元の人たちから「あの山には蛭はいねえ」、「もしいても先頭の人間には食いつかねえもんだ」と言われて安心はしていたものの、それでも注意深く先頭を歩くようにしていたのだ。

その貴重な恐怖の体験もドラマに生かされている。

主人公の青年藩士二人、遠足の途中。

幾之助　先程から、どうも背中と足がむずむずしてならぬのだ
数　馬　それがどうした
幾之助　ちょっと足を止めて背中を見てほしいと云うのだ
数　馬　蚤でもいるのだろう。足を止めて自分でやれ

と問答があり、とうとう耐えきれなかったので、幾之助は立ち止まるなり着物を脱ぎはじめた。

駕籠屋　お侍さん、それは山蛭だよ、用心しねえと、大ていのものはやられるのさ

幾之助　お前たちは何だ。済まぬが背中の蛭を落してくれ

安政二年の記録によると、熊野権現までめでたくゴールした侍たちに「熊野宮へ御神酒差上げ酒少々お出の御方へ出し申候、御肴、ひだら、みのほし大根、きうりもみ、力餅五ッ、茶」などが振舞われたとある。

伊馬の「安政奇聞　まらそん侍」は「この『御遠足』の事まことやこれ、安政の奇聞ではなかろうか」と結ばれている。このラジオドラマはＮＨＫ初の長時間ドラマとして、昭和三十年十一月五日放送された。

古文書が発見されて二十年後の昭和五十年四月、「文藝春秋」に「一八九六年の第一回オリンピックマラソンの開催より四十一年前に、日本でマラソンが行われていた」というコラム（高橋正信記）が載った。それを読んだ千葉市のマラソングループの山野実らは、同じコースを走りたいと伊馬の紹介状を持って安中にやって来た。

それをきっかけに藩士の子孫を中心に地元の人たちが立ち上がり、二カ月後の六月十六

日第一回「安政遠足」が開催された。翌年第二回の五月七日、地元の熱い要請に応えて伊馬と湯浅は招かれ、安中に駆けつけ歓迎を受ける。当日は早朝五時半にセレモニーが始まり、六時に遠足はスタート。思い思いの扮装をして参加した走者に、伊馬も車から声援を送った。沿道には地元の人たちの接待もあり、参加者は楽しんで走っている。伊馬はゴールの熊野で、侍の扮装をしたランナーの到着を待ち構えた。何より満足したのは地元の人の手料理で、たらの芽・山うどの天ぷら、胡麻ごし、手造りこんにゃくの木の芽みそ和えなどを堪能したことだった。

「安中藩安政遠足之碑」（群馬県）

「これは、日本の〃マラソン事始め〃をしのんで再現した〃お祭り〃です。〃通行手形〃をかざし老若男女がひた走るさまは、実に楽しかったですよ」（「こどもの国ニュース」昭和五十一年七月一日）と、遠足を見物したその日の伊馬の感想だった。

「安政遠足」は平成二十年で三十四回を数える。

校歌

伊馬春部は劇作家として一時代を築き、併せて子ども向けの小説や短歌も作り、ＣＭや童謡も手がけるなど、幅広い活躍をした人である。そして、数多くの「校歌」を作詞した人でもある。伊馬の作家活動のなかで校歌作詞はひときわ輝き、後半生の主要なウエイトを占めている。

その歌詞は現代的で斬新で、従来の古文調の殻を破り、生徒たちに誇りと元気を与える内容になっている。何よりわかりやすく、歯切れがよく、親しみやすい。伊馬の詞は、どのフレーズを切り取っても言葉の情景が浮かんでくるのだ。それは短歌で培った語彙の豊富さと、折口信夫に師事して学んだ郷土史を土台に、歴史や風土をとらえ、さらに劇作家としての構成力によって舞台装置が形作られ、ドラマが展開する、といった特質がいかんなく発揮されている。伊馬にとって後世に残る文学作品は「校歌」なのかもしれない。

伊馬自身も作詞するにあたって、「校歌は生徒が常に誇りをもって歌うべきものであるから、作詞者は常に日常の生活を正しくせねばならぬ」(「校歌の周辺」)と、自分を律してのぞんでいる。それは中学時代の体験によって植えつけられたものだという。

大正十二年、伊馬が中学三年のとき、有島武郎の情死事件が起こり、そのとき教科書に載っていた武郎の文章が、生徒の前で抹殺されたのだった。

「いわゆるその筋からの指示があったのであろうが、私にはこのほうが悲しい、そして考えさせられたおそろしいできごとであった」(「鹿おどし」連載第十三)

もし自分が破廉恥な行いをして校歌を抹殺されることがあってはならない、との思いが恐怖心となり、潜在意識のなかに存在していた。校歌は一度制定されれば何世代にもわたって歌い継がれていく。伊馬も「私の命の絶えることがあっても、この校歌だけは永久に歌い続けられるであろうと思うと、さらに心の歓喜をおぼえるのである」とメッセージを送っている。また、伊馬の律儀さを物語るように作曲者を気づかい、「作曲がついたら感謝のデンポー必ずすぐさま打ってあげて下さい」」、「○○氏(作曲者)へのお礼は△△円を欠くる事なきやう、御努力ねがい上げます」と、依頼者へ念押しの手紙を出している。

校歌は学校の象徴だという気概をもって全身全霊で臨んでいた伊馬は、ドラマ「今はまぼろし五平太舟」のなかで、自作の校歌を自画自賛している個所がある。

三郎　おかげで、郷里の学校から次々に頼まれてます

校長　わが校のため創ってくれた校歌がじつにすばらしかったからこそだ。作曲もよかったが、歌詞がじつにオーソドックスなんだ。郷土の風物と立地条件、それに建学の精神とを巧みにないまぜてじつに優秀、しかも新鮮で稀に見るアカぬけた校歌なんだ。それは誰もが県下第一と讃嘆を惜しまない出来栄えだった

伊馬が手がけた最初の校歌は、母校鞍手高等学校だった。長かった戦争もおわり、新しい時代が始まった昭和二十二年、学校教育法が制定されて六・三・三制に変わり、鞍手中学校は鞍手高等学校に移行された。再スタートにふさわしい校歌が必要となり、はじめは公募にしたのだが、ぴたりとくるものがない。そこで誰かに依頼しようということになった。伊馬の名前を出したのは、母校の教師になっていた同級生の神谷寛市だった。卒業生のなかで文学関係は伊馬一人しかいない。伊馬が最適だと推薦した。ところが、まだ「向う三軒両隣り」が始まったばかりのころで、校長は不安を抱いていた。

「校長は伊馬君の名と歌の師の折口信夫（釈迢空）さんの名を併記したかったらしいが、折口さんから〝伊馬君も一人前です〟と返事が届いたんです」（「読売新聞」昭和五十一年一月十九日）。それにしてもできあがった歌詞は斬新でだれもが驚いた。

新しき時代に生きて　新しき世紀をつくる

若人よ　まなじり上げよ　つねのごと福智の高嶺
秀でつつ　永久に　清らに　はぐくまむとす　若き力を
希望に燃ゆる若人が　集まるところ　鞍手
鞍手高等学校　わが母校

伊馬にとって初めての校歌作詞が、母校の校歌である喜びは大きかったが、光栄である半面、緊張と畏れで胸がふるえたという。歌詞ができて、作曲の古関裕而に見せると「最後に『わが母校』を入れるとおさまりがいいですね」と言われ、なるほどと思った。「わが母校」を入れた校歌ができあがると、学校から謝礼金が送られてきた。そのなかから作曲者に作曲料を支払い、残りを母校へ送り返した。「母校の校歌を作詞させてもらったことは無上の光栄であるので、謝礼など受け取るまでもない。が、この残金を母校に返しては失礼のように思えるので、できるなら制定記念に植樹してもらいこれをその費用に充てていただけたら」という内容の手紙が添えてあった。

伊馬の志を汲んで、銀杏樹雌雄一対の植樹を行った。しかし、その木はほどなく倒れ、代わりに桜を五本植えたが、昭和三十二年四月の火災で焼けてしまった。それどころか、三週間後の五月にも出火して、校舎を焼失、生徒はよその学校を借りて分散授業となった。それを知った卒業生は再建資金を集めるために立ち上がった。

俳人の野見山朱鳥《のみやまあすか》の詠んだ、

母校燃ゆ新樹の夜空焦しつつ
焼かれたる巣を作らんとつばくろも　　朱鳥

の二句を絵はがきに、伊馬が揮毫した校歌を手ぬぐいにして発売し資金を集めた。「まさに『若人よ　まなじり上げよ』という、この力強い言葉が、学びの場を焼かれた心をいかに鼓舞し、士気を高めたか想像に難くない」（松藤利基『鞍陵讃歌　鞍中鞍高物語』）。

ところが一丸となった再建の努力も虚しく、四年後には本館が焼け落ちた。再建されたのは昭和三十七年で、創立四十五周年にあたる年でもあった。三度の火災によって、創立当時の学校の面影は失われてしまった。

昭和四十二年十一月四日、母校創立五十周年記念式典に招かれた伊馬は、在校生を前に先輩としてあいさつをした。勝木司馬之助・九大教授、伊馬春部・劇作家、徳永久次・富士製鉄専務、谷伍平・北九州市長、みんな旧制中学校の卒業生だ。歌詞にあるように、伊馬は〈はやも五十年、ああ五十年〉の感慨も深く、記念に「五十年讃歌」を贈った。

福智山また遠賀川　鈴懸けの風もさやかに

言寿ぐごとし　今日の祭典

母校はいつまでも鈴懸けの並木の先にあった。現在は二・三本しか残っていないが、伊馬の思い出のなかには木陰を作って涼やかな風をおくる並木のままだった。

平成五年の鞍手高校定時制創立五十周年に、ひとつの石碑が校門脇に建立された。

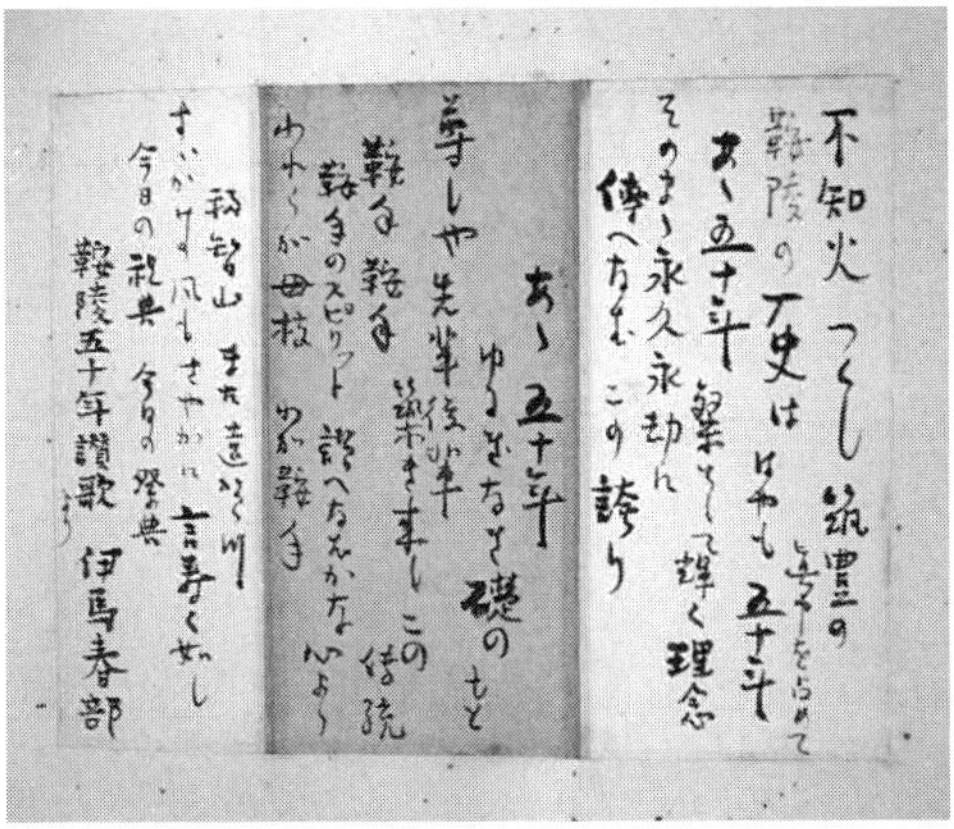

伊馬が作詞した「福岡県立鞍手高等学校創立五十周年記念讃歌」（伊馬筆）

「私は夜学をしたこと誇りに思っています　矢野宣」と刻まれたこの言葉は、昭和二十五年に鞍手高校定時制を卒業した矢野宣のものである。伊馬とは同郷・同窓生ということもあって親しくなり、ドラマにも度々出演している。伊馬をはじめ火野葦平や高倉健など、九州出身の文芸に携わる人たちが集まる「川筋会」にも加わり親交を深めた。

「みんな九州弁で苦労しているじゃないですか。〈シエンシエイ（先生）のシェナカ（背中）にハイ（蝿）がトマッチョル（止まっている）〉ですからね」と矢野は笑った。

矢野にとって伊馬との思い出は数限りなくあるが、そのなかでも村山知義の古希のお祝いで、司会を頼まれたときのことをよく覚えている。山田五十鈴・滝沢修・千田是也など錚々たるメンバーが出席する会だった。打ち合わせのとき、「日本酒の樽開きに何をつけますか?」と矢野は尋ねた。そのあとで伊馬に「矢野君チョット!」と手招きされ、何事かとそばに行くと、「矢野君、日本酒なんて言っちゃ駄目だよ。清酒。今日から清酒で通しなさい」と注意を受けた。それ以後は、清酒と必ず言っているという。伊馬の言葉に対する厳しい一面を見た思いだった。

昭和五十一年、すでに同級生は七十歳を目前にした年代になっていた。創立六十周年に校歌の歌碑を作ってはどうかという話が出たのは、その年の初夏だった。広く募金して建碑する案や学校のOB全員に呼びかける、などの案が出たが、伊馬の意向を質したところ、「イ、歌碑ならば峻拒する。ロ、校歌ならば反対できまい。ハ、建碑のための募金は好まず。ニ、歌詞の揮毫はいとわず。」(「四鞍会」七号)という返事があり、四鞍会単独で作ることになった。

資金集めから実現まで四鞍会の並々ならぬ努力と友情によって歌碑は完成。校歌一番の歌詞が金文字で刻まれ、本館玄関前の植え込みに建立された。昭和五十四年八月四日、伊馬も出席して「鞍高校歌の碑」の竣工除幕式が行われた。在校生音楽部女子の校歌斉唱に続き、四鞍会代表の西村富士夫があいさつ。

「終戦とともに、政治、社会、教育界が混沌としていた昭和二十六年。若い学徒に、新しい時代に生きる道を示した――級友伊馬春部君が作詞し、古関裕而さんが作曲された――校歌は、真に意義深いものがあります。この校歌碑がこれから巣立つ若い学徒の心のはげみになればこの上もない幸と存じます」

西村の心には幾多の思いが去来していた。誘い合って中学へ通学した日々、飲んでは語り合った日々、しかし、すでに古希を過ぎた。いま級友たちの手で歌碑が建立できたことに感無量だった。「われわれは伊馬春部の文学碑のつもりだ。簡素でも純粋な友情の固まりだ。不純な雑物はみじんも混じえていない」(「四鞍会」七号)という神谷貫市たちの悲願が込められていた。

西村には長年抱えている夢がある。「甲子園で優勝して、君の作った校歌を全国へ流したい」。そのために野球部の後援会長までやったのだが、望みは達せず県大会止まりで、いまだ実現していないのが残念でならなかった。

ときは移って平成十九年、鞍手高校で文化祭が開かれていた。そのなかに文芸部の研究発表「伊馬春部について」の展示が目を引いた。発表者の文芸部長・水江平は「今年は創立九十周年であり、本校出身の文学者を選びました。調査してみて改めて伊馬の多才さに驚いた」と目を輝かせた。卒業から八十年余、愛する母校の後輩の手によって伊馬春部はよみがえったのだ。

この度、伊馬が作詞した校歌を拾ってみた。年代順に紹介しよう。

［福岡県立鞍手高等学校　昭和二十六年］伊馬の初めての校歌は、母校の作詞である。昭和五十四年八月四日、四鞍会の手によって校歌の歌碑が前庭に建立された。**［福岡県立筑豊高等学校　昭和二十七年］**昭和二十四年に二つの高校が統合されて、同年八月三十一日に新高校として発足。新しい学校にふさわしい校歌制定が望まれ、郷土出身の伊馬に依頼する。**［宮田町立宮田東中学校（鞍手郡）昭和二十八年］**昭和二十七年創立。翌年の第一回の卒業式に校歌が制定された。自然豊かな環境を唱う。昭和五十四年四月一日、大の浦中学校と合併し閉校となった。**［直方市立植木小学校　昭和二十八年］**植木は伊馬のふるさとで、従姉弟達が通った学校である。伊馬は子どものころの自分の姿を重ねて作詞。校歌完成の日、伯父の家に先生たちが集まり、お祝いをしたという。**［宮田町立宮田東小学校（鞍手郡）昭和三十年］**筑豊に位置する宮田町、まだ炭鉱の盛んなころである。**［栃木県日光市日光東中学校　昭和三十二年］**東中学校は昭和二十二年に、日光町立日光中学校野口分校として設立され、二十七年に独立。所在地の日光市七里地区は日光山の門前町として拓けたところである。独立したのを機に、折口門下で日光東照宮権宮司・矢島清文に相談し、伊馬を紹介された。昭和三十六年に作詞・作曲者を招き校歌発表音楽祭が開かれた。

校歌に詠まれた〈若杉〉のフレーズは、校誌「若すぎ」、学校だより「若杉通信」、ミニ通信「若杉」、指標「若杉指標」、日録「わかすぎ」、自校体操「若杉体操」、PTA新聞「わかすぎ」、親睦会「若杉会」など東中学校の代名詞になっている。さらに昭和三十七年に校歌にちなんで「若杉町」まで誕生した。

［福岡県立折尾高等学校　昭和三十三年］昭和三十二年、東筑高等学校から分離。初代校長と伊馬は國學院の同期で親しくしていた。東筑高等学校の校歌は折口信夫作詞である。愛弟子の伊馬にとって、子分かれした折尾高校の校歌作詞は、校長への友情と師への敬愛の深い縁を感じ引き受けた。ところが、第一回の卒業式までに作詞するという約束が果たせず、お詫びのメッセージが届けられ、卒業生に読み上げられた。伊馬は六月に再度来校、完成したのは翌年の卒業式直前だった。「今回の如く苦労したことはございません」と書いた手紙が添えてあった。

校歌に詠まれた〈上り藤〉の藤は、黒田藩の紋と礼節を意味したもので、向上発展の意を込めた。校歌制定を記念して、まっすぐ伸びる桐のように発展を願い、伊馬は玄関前に桐を植樹し、伊馬春部記念碑が建立された。

［八幡市立香月中学校　昭和三十六年］昭和三十四年春、職員のなかから校歌が欲しいという要望が波紋のようにひろがった。作詞は誰に依頼するか。同郷人であり文芸でも奮闘している伊馬の名がまっさきに挙がった。校長が王樹の俳句の弟子であった関係で、王樹を通して依頼。ところが一年経っても音沙汰がない。さらに一年後、王樹を介して「現

場の再確認をしたいので行く」という連絡がようやくあった。その年の九月、校歌が届く。待ちに待ったものだけに、胸が躍ったという。急遽、秋の運動会に王樹夫妻を招き校歌発表会を行った。職員の一人は「いろいろ学校を回ったが、一番すばらしい校歌です。とくに三番は胸にジーンと来て、涙が出ます」と語る。

［八幡市立木屋瀬中学校　昭和三十六年］開校以来十四年、校歌がなく淋しい思いをしていた。当時の校長が町出身の伊馬に頼んだところ、「苦心、大苦心の作」である郷土色豊かな校歌ができあがった。金綱山・八幡製鉄・宿場・川船、そして未来への飛躍を託した雄大な歌詞である。

昭和三十六年十一月一日、県立折尾高等学校が主催して「伊馬春部作詞校歌公表会」が開かれた。國學院の院友・川原茂校長（折尾高等学校）が親友のために開いたものである。参加校は「福岡県立鞍手高等学校」「福岡県立筑豊高等学校」「宮田町立宮田東中学校」「宮田町立宮田東小学校」「直方市立植木小学校」「八幡市立香月中学校」「八幡市立木屋瀬中学校」「福岡県立折尾高等学校」の八校で、作詞の伊馬春部・作曲の石丸寛を招待して、盛大に発表会が行われた。

［横浜市立寺尾小学校　昭和三十七年］寺尾小と伊馬を結びつけたのは、鶴見の住人で

ある中学の同級生に誘われて、遊びに行っていたのがきっかけだった。校歌の交渉は行きつけの飲み屋で成立。伊馬は「何の因果でと頭を抱え込んだ」という。再三にわたって伊馬を周辺に案内しているのだが、一年を経過しても音沙汰もなく、関係者をはらはらさせていた。ところができあがったものは斬新で、〈坂坂坂坂、空空空空、松松松松、丘丘丘丘〉と四回繰り返すフレーズと〈さえずる小鳥よ、むらがる小鳥よ、小鳥が丘だよ、ぼくらの学校〉は、作曲の高木東六も涙が出たというすばらしいものだった。校歌は〈小鳥が丘〉と呼んで親しまれている。

昭和三十九年七月十日号の「週刊朝日」新校歌運動の記事のなかで、「人間の手でつくった、子どものいる校歌へ」のさきがけとして全歌詞が掲載され、一躍注目された。昭和五十四年一月七日放送の伊馬のラジオドラマ「こちら自由放送局――森につづく径」のなかでは一番と四番を歌い、「校庭のすみの噴水の池、いろんな鳥が水をのみにやってくるの……。それを小鳥が丘といってたの……」と主人公に言わせている。

〔学校法人橘蔭《きついん》学園柳川商業高校（現・柳商学園柳川高等学校）昭和三十七年〕当初、作詞は柳川出身の北原白秋に依頼していたが、まもなく逝去。その後、創立二十周年を記念して校歌制定の気運がもりあがり、伊馬に依頼することになった。三年の現地調査を経て、ようやく校歌は完成した。歌詞が長いことでも有名である。甲子園では何度も校歌が流れており、後年学校名の変更に伴ってその部分だけ変えて、いまも歌い継がれている。

［鞍手郡宮田町立宮田西中学校　昭和三十八年］当時の校長が王樹と親しく、王樹を通じて依頼。伊馬は昭和三十七年一月に調査のため来校する。翌年三月二十四日、校歌発表会。歌声は芹田が丘に流れた。

［志摩町立桃取《ももとり》中学校（三重県。現・鳥羽市立鳥羽東中学校）昭和三十九年］昔、ヤマモモの大樹があったことに由来する桃取町は、伊勢湾に浮かぶ答志《とうし》島にある。桃取村立桃取中学校は、昭和二十二年に発足。二十九年に合併して鳥羽市立とかわり、十年後に校歌を制定。昭和五十四年に三校が統合し、廃校となった。

「中学生活を思い出すたび、自然と口ずさむのが校歌」と、四十九年卒業生の下村悦生。校舎跡に歌碑が建立された。「卒業生一二四八人。島に残る者、島から出る者、それぞれに希望を抱き、いつまでも忘れ得ぬ校歌を胸にこの学校を巣立っていったことでしょう」と下村は、「廃校の歌」と題して鳥羽市広報に書いている。

［小竹町立小竹北小学校（鞍手郡）昭和三十九年］春夏秋冬の移り変わる景色や、竹が伸びる姿に子どもたちの成長を重ねて謳っている。［石川県立高浜高等学校　昭和四十一年］羽咋高校が定時制から分校を経て、昭和四十年四月の独立を機に校歌制定へと動き出したが、作詞者決めに難航し途方に暮れていた。すると美術教諭の磯見忠司の工房「大社焼」に、折口信夫の弟子がいつも集まると聞いて、最後の望みをかけて訪ねた。「磯見君の頼みなら」と伊馬は引き受けた。歌詞の一節を、生徒は自己の目標や座右の銘にして励

んでいるという。

［北海道登別高等学校（現・北海道登別青嶺高等学校）　昭和四十年］室蘭高等学校幌別分校から昭和三十七年に全日制を設置して、登別高等学校として開校。伊馬に校歌を依頼したのは、國學院大学の同期生。取材に訪れた伊馬は、作詞の素材になるものは細大洩らさずノートに書きとり、カメラに収めた。昭和四十年十月一日、校歌発表。北海道の特色を持たせたかったという校歌は〈シノ（偉大にして）ピリカ（善美なる）カムイネ（神々しい）モシリ（国土よ）〉のアイヌ語で始まる画期的なもので、ユーカラ研究の第一人者でもある金田一京助に教えを乞うたものだ。そのアイヌ語を教えてもらったとき、伊馬は天にも昇る心持だったという。作曲の石丸寛に感動を伝え、「もうこれ以上のものはできない」というほどの力作ができあがった。しかし、平成十九年三月三日閉校。

シノ　ピリカ　カムイネ　モシリ
永久《とわ》なる流れ　幌別の　ほとりに　佗《た》ちて　思うかな
この地　拓《ひら》きし　祖々《おやおや》の　意志と理想は　なお生きて
若きわれらの胸にあり　かくてこそ――香るなれ
鈴蘭の原野も共に　われらの行く手　幸《さきは》う如く
ああ　登別――　登別　高等学校　わが母校

［学校法人八幡筑紫女学園成美高等学校（現・能美学園青山女子高等学校）　昭和四十一年］　開校当時は校歌がなく、第一回卒業式までに校歌を制定したいと考えていた。たまたま伊馬を知り、作詞依頼に上京する。十月中旬に歌詞と楽譜と吹き込みのテープが届いた。従来の校歌とは趣を異にし、格調高いなかに女子高校生にふさわしい、優雅でさわやかな校歌だった。［福岡県立鞍手高等学校　創立五十周年記念讃歌　昭和四十二年］　昭和四十二年十一月四日、鞍手高等学校の創立五十周年記念式典があり、先輩の一人として伊馬も招かれた。母校〈鞍陵の歴史ははやも五十年ああ五十年〉と讃歌を送った。［九州造形短期大学　昭和四十三年］　昭和四十三年、美術・デザイン・写真科など、産学一如の理想を掲げて創立。調査と印刷物と『十五年史』などを繰り返しひもといて作詞したという。伊馬にはめずらしく早く書けた校歌である。

［羽咋市立羽咋小学校　昭和四十四年］　明治六年創立で校歌も二度変ったが、どうも言葉が時代に合わなくなった。「子どもにふさわしい校歌がほしい」と思っていたところ、たまたま折口顕彰会で伊馬と知り合った校長は、海と校庭の花壇が自慢で何度も伊馬を案内した。できあがった校歌を聞いた教諭の澤田茂は「テンポがよく、元気よく、子どもたちが楽しんで歌っている姿に感銘をうけた。近所の坊やも覚えて歌っている」と言うほど親しまれている。

［群馬県立武尊《ほたか》高等学校（現・尾瀬高等学校）　昭和四十四年］　昭和三十七年四月、沼田

高等学校武尊分校として創立。昭和四十三年独立し、校歌の必要に迫られた。NHKの関係者に伊馬を紹介される。四月に伊馬を沼田・栗生峠・椎坂峠に案内し、六月二十四日に校歌発表会を迎えた。平成八年、尾瀬高等学校に変更。**［直方市立新入小学校　昭和四十五年］**明治六年創立。校歌はあったが歌詞が時代に合わなくなり、終戦後は歌われなかった。昭和四十七年の創立百年を目前にし、新しい校歌の要望が高まり、阿部王樹を通じて伊馬に作詞を以来。四十五年の卒業式で披露された。

［学校法人直方学園直方学園高等学校（現・直方東高等学校）　昭和四十五年］二代目校長と伊馬が友人で、創立十五周年記念日に制定された。直方は伊馬の母校の地である。学校は廃校になったが、残された一通の手紙には「本日は決定稿を清書してお送りします。いよ〳〵明日が録音といふ運びとなりました。オーケストラだけの部分もあるはずですから、登校時間に流すこともできますし、昼休みにミュージックサイレン式にひびかせても妙なりと思ひます」と校歌に託す思いを伝えている。

［羽咋市立一ノ宮小学校（現・西北小学校）　昭和四十六年］折口信夫と縁の深い一ノ宮である。九月三日の年祭には必ず参列していた関係で、作詞を引き受けた。気多大社の原始の森を背に、光る海原を前に見て明治八年に学校創立。伊馬は毎年一ノ宮に来ると、秋祭りの獅子舞いの練習で公民館に集る子どもたちに、「お願いがあるんだけど、校歌を歌ってくれないか」と、子どもたちの歌声に耳を傾けていたという。平成元年三月、小学

校は百十四年の幕を閉じた。廃校跡には記念の歌碑が建立されている。

［北九州市立八児《やちご》中学校（現・西北小学校）　昭和五十一年］八児《やちご》とは小字名で湿地とか沼田を意味し、開校当時、真っ白い鉄筋コンクリート四階建の校舎の周りは、雑草と水溜りの沼地のようだったという。校歌の担当は開校促進小委員会委員長の早川清で、郷土出身で召人《めしうど》にも選ばれた伊馬に白羽の矢を立てる。幸い早川と同じ職場に伊馬の中学時代の同級生がおり、電話で話が決まった。下見に訪れた伊馬を案内。「落度のないように」と緊張したという。校歌はリズミカルで「いざいざ行進曲」の副題がつく。

［福岡県立折尾高等学校・北陵逍遥歌　昭和五十一年］創立時に校歌を作成したとき、気軽に口ずさめる第二校歌を依頼。ようやく二十周年記念を前に完成。約束から二十年も待たされた校長とのやりとりと歌詞を、昭和五十二年一月放送のラジオドラマ「今はまぼろし五平太舟」に再現している。

［國學院大学久我山高等学校　創立三十五周年記念歌久我山讃歌　昭和五十四年］創立以来、國學院大学の校歌を歌ってきたが、本校にふさわしい校歌を歌いたいという気運が高まった。國學院大学卒業生の伊馬に依頼し、何度も学校を訪れて作詞。伊馬は折口信夫二十六年祭参列のため、羽咋に立ったとき構想が固まったと話す。作曲は母校の校歌と同じ、古関祐而にお願いした。詞を見た古関は「私の曲をそっくりそのままことばにしたような明朗豪快な詞でうれしく思いました」と話し、伊馬は原点に立ち返る気持ちで取り組

んだという。

［横浜市立日限山中学校　昭和五十六年］「ぼくたちの学校には校歌がない」と、初代春山直久校長に聞こえてくる生徒たちの声。創立五年目のことだ。やっと学校の整備も一段落し、校歌制定の気運が盛り上がった。たまたま保護者会々長である高橋美佐子の父・岡崎良太郎が伊馬と中学の同級で飲み友達だった。快諾した伊馬は、作曲は「横浜だから高木（東六）君がいいかな」と言って、何度か二人で学校を訪れた。伊馬は胃を四分の三ほど切除した手術の後で、岡崎は「イマ、作れるかな、身体もつかな」と気を揉んでいたという。高木は、合唱コンクールで四部合唱で歌うコーラス部の実力を知って、「これだけ歌える生徒ならば、四部合唱でつくりましょう」と、〝混声四部合唱のための〟と書き添えた四面からなる豪華な楽譜が届いた。

十月三十一日、創立五周年記念式典に伊馬も招かれ、高木のピアノに合わせて校歌発表を行ったが、伊馬にとってこれが最後の校歌となった。その三年後に逝去。「全力、心を傾けて書いて下さったのだと感謝と感動を覚えました」と高橋は感慨をこめて話す。

校歌のほか、伊馬は「三和薬品社歌（昭和四十一年）」、「日若音頭〈直方市〉（昭和四十二年）」、「木屋瀬音頭（昭和四十九年）」、「中間市歌（昭和五十三年）」、「九州整備社歌（昭和五十七年）」、「九整手拍子（昭和五十七年）」などの作詞も手がけている。

終章

おのづから背《せな》をまろめて歩みゐるわれに気づきて苦む日多く　　春部

伊馬春部の名前は戦後の人々には優しく思い出され、戦前を知る人にとっての「鵜平」は青春のひびきをもっていた。ところが伊馬はもっと多くの顔を持っており、作品をいくつもの名前で別人のごとく発表していたりする。これまで分かっているだけでも、久丸叟助・久丸久・青木祭人・伊馬鵜平・姉尾修・貴殿更作・伊馬春部・いまはるべ、そして雅号では愁星・杏伯《きょうはく》・汝更《ゆうもあ》など、違う名にすることを楽しんでいるかのようでもあり、ある種の茶目っ気と思えなくもない。

昭和も四十年代に入るとテレビの時代に移り、伊馬の出番は少なくなった。そのかわり、放送の草創期から長年にわたり貢献した業績は高く評価され、数々の賞が与えられた。昭和四十年一月、「鉄砲祭前夜」、「穂打ち乙女」などのラジオドラマに対し、「第六回毎日芸術賞」を受賞。選考委員で友人でもある内村直也は、「最近の彼は折口信夫門下としての学識を発揮して、伝統をラジオという今日の媒体の中に生かそうとしている。伊馬春部の独断場である」と高く評価した。芸術賞は三名で、その一人が小説『絹と明察』を書いた三島由紀夫である。

三島由紀夫は戦後文壇に華々しくデビューし、話題作を次々に放って注目を集めていた。『仮面の告白』を刊行した翌二十五年八月、伊馬の隣家に引っ越してきた。三十三年に結婚した三島は翌年大田区に引っ越すまでのおよそ十年間、垣根ごしのお隣さんの関係だったのだ。ところが伊馬は三島に関してあまりふれていない。というより皆無に近い。唯一見つけたのは、エッセイ「輪タク」のなかの数行だった。戦後まもなくのころ、終電車も逃がした伊馬は、かなりの年配者の引く輪タクに乗って丘の上の我が家に向かった。坂道にかかると息がつづかず、降りて加勢する始末、息もフウフウ、のどはカラカラ……「がっくりして見上げる隣家の二階は、深夜ながらこうこうと照って、いそしむあるじのペンすでに剣となっての殺気すらつたわってくる。そういうとき私は、無為に終わった一日のため身ぶるいをおぼえたものだが、そのあるじとはいまは大森臼田坂のあたりに宏荘な館〈やかた〉をいとなむ三島由紀夫その人」（「鹿おどし」連載第三十九）とふれているにすぎない。三島は受賞の五年後、四十五年十一月二十五日自決した。

伊馬が「毎日芸術賞」を受賞した翌月、赤坂のホテルニュージャパンで祝賀会が開かれ、伊馬の交友の広さを物語るように、北は北海道から南は種子島まで五百名を超える人々が集まった。司会の巌金四郎によって晴れやかに進められ、乾杯は井伏鱒二。加藤道子、香川京子、夏川静江、中村メイコらの華やいだ顔も見える。あいさつに立った伊馬は「皆さまの、皆さまのおかげで……」と涙に詰まって絶句した。

翌年には発足時から関わり育ててきた東京放送劇団二十五周年記念公演のため「虹の断片──最上川の茂吉」三幕を書き下ろし、九月に公演された。ほっと一息した伊馬はふるさとに戻り、友人の車で天草五橋見物に伯父夫妻も連れ立って出かけた。ところが出発して間もなく、筑豊線踏切の手前で大型車を避けたはずみで土手の下に滑り落ちてしまい、十二胸椎圧迫骨折で三カ月の入院という思わぬアクシデントに見舞われた。胸の痛みもさることながら、伊馬の飲酒史上はじめての四十数日間の断酒を余儀なくされた。「やがて襲ってきた禁断症状にはどうしようもなかった」と述懐している。ようやく飲酒のお許しも出て、年末に退院。数日間、別府温泉で療養して復帰した。

昭和四十三年に日本放送作家協会理事長に就任。四十八年には「長年の放送作家としての活躍」に対し紫綬褒章をうける。そして五十年に初めてのエッセイ集『土手の見物人』を刊行した。先の自動車事故のとき、転落した川原から見上げた、土手から見下ろしている人たちを指してのタイトルである。

晩年の伊馬を一際輝かせたのは、昭和五十一年新年歌会始の召人役を拝命したことだ。

昭和五十四年の「観世」一月号に載った「想い出の召人」から、抜粋しつつ紹介しよう。

昭和五十年の師走のある日、突然宮内庁から仕事中のホテルに電話があった。

「来春の歌会始の召人に決定を見ましたので、ぜひお受けしてもらいたいのだが……」

「何かのお間違いでは？」

プロ歌人でもない伊馬にとって、まさしく青天の霹靂だった。頭は混乱し、その場は執筆中のドラマが完成するまでと、返事は待ってもらった。実をいうと伊馬にとって歌会始は無縁ではなかった。昭和二十七年の文化放送開局から毎年「お題」に寄せて、新春のラジオドラマを書きおろしていたのだ。その日も翌年のお題〝坂〟に因んだ「霜ばしら」を書いているときだった。「歌会始は、仮寓殿のころ一回、新宮殿になってからも一回、都合二回ほど陪聴の栄に浴したことがあった」が、まさか召人の大役を仰せつかろうとは――。師・釈沼空も昭和二十五年から亡くなるまで歌会始の選者を務めており、それに入江侍従長とも親しい関係にあり、断ることはできないだろう。「名誉きわまりなく、謹んでお受けする」と、返事をしたのだが、それからインタビューや原稿依頼が殺到し、目まぐるしい日々を過ごすことになった。

さて一月九日、五時起床。「盛装を了えし家内の手より冷酒の饗応」を受け、さらに杯を重ね、というのも伊馬らしく、宮内庁お迎えの車で出発。そのとき、別の小ビンに酒を詰めて、モーニングの尻ポケットに忍ばせたのだった。

後日、従弟の石田順平が呼びかけて飲食店の二階で開いた報告会で、「手が震えるのでブランデーを持っていき、宮中で〈ちょっとご不浄に〉と行くとお付の人がついて来て、なかなか飲めなかった」という伊馬の報告を思い出して、従弟の阿部為吉は笑った。

新年同詠　坂
　応制歌
　　高﨑英雄　上

ふり可へりふ里かへ　（ふりかへりふりかへ
り見る坂のうへ吾子　り見る坂のうへ吾子
はしきりに手をふ里　はしきりに手をふり
弖乎梨　てをり）

「ごらんの如く、一首を一行九字の三行に分ち書き、四行目は三字の万葉仮名でおさめることになっている。はじめの二行は、『あたらしきとしのはじめにおなじく坂といふことを、おほせごとによりてよめるうた』と、訓むようである」

伊馬の家は丘の上にあり、どこへ行くにも坂を下らなければならない。長女が四、五歳のころ、伊馬が出かけると姿が見えなくなるまで手を振って見送っていた。坂を下るといったん姿が見えなくなるが、そのとき長女はピョンピョン飛び跳ねて父を見ようとする。その昔の思い出を詠ったものだった。その日は陛下のお言葉を頂戴し、その光栄に浴した。

さて、そのとき親しい人たちに渡した召人のお土産だが、宮中から持ち帰った菊のご紋入りのトイレットペーパーとタバコだった。受け取った人が一瞬とまどっていると「へへヘッ……」と伊馬は悪戯っぽく笑い、宮中のトイレから失敬したものだと明かす。「いつも悪戯を考えていた。生涯、子どもっぽかったですね」と劇団フジの田丸武之。

昭和五十四年秋、勲四等旭日小綬章を拝受。順風満帆の晩年に見えたのだが、好事魔多し。翌年の十月三十日「とつじょ大吐血　即入院　翌卅一日手術かの愛すべき胃の腑　四分の三ほど切除されるといふはぷにんぐ出来いたしました」と入院二カ月余、無事退院する。そのお見舞いのお礼状には「この上は心機一転無二の友なる　かの百薬の長のうしとのつきあひもほどほどに致し、もっぱら仕事優先　捲土重来の意

晩年の伊馬，道子夫人と

気ごみでございますゆえ……」と決意を示していた。ところが退院した伊馬の顔は、玉手箱を開けた浦島太郎のように変わっていた。劇作家の内村直也は「入院中、ブショウヒゲを生《は》やして、床屋に行ったら、これは勿体《もったい》ないと云われて、彼はヒゲを残した。アゴヒゲが実によく似合う。枯れた老人の魅力である」（「サンケイ新聞」昭和五十八年一月十日）と言うように、ヒゲは思いがけずよく似合い、伊馬自身もまんざらでもなかったようだ。従弟の阿部春鳥に宛てた五十七年三月十二日付の手紙を読むと、

「このひげ、家族には評判わるきもの丶、世間では好評で、乃木さんそっくり、その評が圧倒的です。ロビンソンクルーソーのリップヴアンウオンキルみたいとか、富岡鉄斎みたいなどと稀なる評もあるもの丶、二〇三高地がやはりもっとも多数をしめてゐます。そも〳〵バーバー主人の発想がはじめから乃木さんであり、小生もそれに賛同してのことゆゑ当然のことでせう」と満足してる様子がうかがえる。「イマ乃木」は晩年の伊馬の象徴となった。

昭和五十八年四月の東京四鞍会に出席したものの、夫人が「酒を飲ませないでください」と、別の飲み物を持参していた。六月には血尿が激しく腎臓摘出手術をするが、年末には再び入院。翌年一月に中学同級生の平尾健一夫妻が見舞いに行くと、目を閉じたままで、右耳にイヤホンを入れてラジオを聴いていた。そのときの伊馬は「既に自ら癌と悟り、その再発を考えて覚悟を決めているような、妙に清らかな面持と口吻に心を打たれた」と

いう。伊馬のドラマの常連だった俳優・巌金四郎が病室へ行くと、伊馬は静かに目を閉じている。「先生、大丈夫ですか」とそっと声をかけると、黙って右手を上げた。イヤホンで自作の「自転車泥棒」のラジオを聴いていた。それは亡くなる三日前のことだった。日に日に食欲を失い、病室を訪ねても届けるものがなくなった。長女・梢子は父の残された命がいくばくもないと知った日、自宅から病院へ行く途中の陽だまりに、ふきのとうが小さく頭を出しているのを見つけた。それを一つ戴いてベッドの伊馬に渡した。伊馬はふきのとうを手にとり眺めていたが、口に頬ばり少し嚙んだ。青い瑞々しい香りが口のまわりに漂った。「春だねぇ」と、つぶやいた。それが最後の言葉になった。

詩人・阿久津哲明は見舞いに行ったときの風景をつぎのような詩に書き、遺族へ贈った。

爪を切る

小野才八郎と一緒に
伊馬春部先生を病院に見舞った
病気はひどそうで
鼻に管が二本はいっている
息をするのも苦しそうだったが

――阿久津君　爪を切ってくれ
と先生は言った
わたしが五本の指の爪を
小野氏がもう五本の爪を切ってあげる
それが先生とのさいごだった

小野は「あの日の先生の手の温もりが、未だに残っているような気がしてならない」とつぶやいた。

昭和五十九年三月十七日午前九時十二分、伊馬春部は七十七年の生涯を閉じた。前日の夜までラジオを聴いていたという。納棺のとき伊馬の右耳の横に、愛用のラジオとイヤホンも納められた。その日から二十二日の葬儀の日まで、お彼岸だというのに雪とみぞれが降り続いた。ムーラン・ルージュ時代からの友人・阿木翁助を葬儀委員長に、北条秀司・巌金四郎が涙の弔辞を述べた。多くの弔問客が訪れ「放送劇の先覚者」の別れを心から惜しんでいた。そのなかに、俳優の矢野宣の姿もあった。「弔辞のなかで『先生の作品には悪人が一人も出てこない。悪人を一人も出さないで、あれだけのドラマを仕立てた人はいない』と言われていたが、なるほどと思った」とあらためて伊馬作品のすごさを見直したたという。伊馬は生前に建立していた杉並の和田堀廟所に埋葬された。

明治大学前で電車を降りて、車の往来も激しい甲州街道の陸橋を渡ると、明大の学舎に隣接して本願寺和田堀廟所の墓地が異空間を作っている。墓地の門を入ると正面に鉄筋の本堂、その手前を左手に折れると桜並木がアーチを作り、百メートルほどまっすぐに伸びている。道幅も広く清々しい空間は、訪れた人の心を鎮めてくれるように静かだった。

樋口一葉や中村汀女といった人たちの墓には、今も参拝者が訪れるのだろう、案内板が出ている。桜並木が途絶え突き当りの車回しから右へ折れると、高崎英雄（伊馬春部）と書かれた控え目な墓標が見える。正面に高崎家柏屋匡初代四郎八の墓碑銘が刻まれた自然石が建つ。昭和四十三年に墓を建立したときに木屋瀬の菩提寺から移したものだ。五代目に生まれた伊馬は先祖の下で、静かに眠っていることだろう。

右手前の碑には、

とざしつゝ眠ることありはろばろのまらうどならば鈴振りたまえ　　春部

と自作の歌が記され、訪ねる人を待っていた。戒名は自らが生前から用意した『汝更院釈春英』。「汝」はＹＵＯ（ユー）。「更」は「さらに」のＭＯＲＥ（モア）。ユーとモアでユーモア。「伊馬鵜平」のころ、迢空から噺家風につけられたあだ名「汝更亭杏伯《ゆうもあていきようはく》」の「汝更」で、長年温めていた院号なのだろう。春英は春部の春と、本名の英雄の英である。

昭和の時代に優しい時間を与えてくれた伊馬春部は、静かに眠りにつき、訪れる人の鈴の音を待っていることだろう。

ふるさとの友人の一人である劉寒吉は、昭和五十九年四月九日付の「読売新聞」に「いつ会っても、機嫌がよいといえばいいすぎるようだが、まことに友情にあつく、誰彼の友人の話に興じて、チビリチビリと小酌した。岩下俊作や、火野葦平などと会って、時間を忘れて談じこんだこともなつかしい思い出である。本質的には彼の本領は純文学志向の作家というべきであった。文学に対する批評眼は高く、殊に古典にたいする理解と愛情とはなみなみでないものがあった」と盟友の死を惜しんだ。

初盆を迎えた八月に発行された「四鞍会誌」八号は伊馬の追悼特集号になった。平尾健一の「伊馬春部葬送の記」、西村富士夫の「伊馬君は今も心に」、荻窪の思い出も深い永富勘四郎など多くの級友がその死を悼んだ。なかでも目を引くのは、神谷貫市の編んだ二十六ページにわたる「高﨑英雄年譜点描」だった。伝記にも匹敵する詳細な記録は、長年親愛の情を以って寄り添った人でなければ作り上げることはできないだろう。

神谷は「四鞍会の顔、伊馬春部を喪い、痛惜に堪えず、皆で輯めました心ばかりの追悼集であります。愛すべき酒仙、伊馬春部の一面を偲んでやってくださいますならば、まことに嬉しく幸甚の至りでございます」と記す。四鞍会の誰彼のこの厚い友情こそが、伊馬のふるさとであり、原動力ではなかっただろうか。

■伊馬春部年譜

西暦	和暦	年齢	伊馬春部に関する出来事	主な作品
一九〇八	明治四一	〇	五月三〇日　福岡県鞍手郡木屋瀬町（現・北九州市八幡西区木屋瀬）の旧家柏屋匡（カネタマ）高崎哲郎・ハル夫妻の長男として生まれる。本名・高崎英雄。	
一九一三	大正　二	五	一二月　弟・勘八郎誕生。	
一九一五	大正　四	七	四月　木屋瀬尋常高等小学校入学。	
一九二〇	大正　九	一二	二月　母・ハル逝去（三一歳）。 一一月　父・哲郎、再婚。	
一九二一	大正一〇	一三	三月　木屋瀬尋常高等小学校尋常科卒業。 四月　福岡県立鞍手中学校（現・鞍手高等学校）に入学。父・哲郎逝去（三八歳）。 九月　異母妹・哲子誕生。 「福岡日日新聞（現・西日本新聞）」に作文を投稿し、掲載される。	
一九二二	大正一一	一四	伯父・阿部基吉（王樹）の句会で初めて作句。二句入選。 九月　祖父・勘十郎逝去（七二歳）。 学内で回覧雑誌やガリ版文集「牧笛」などをつくる。	
一九二三	大正一二	一五	八月　鞍手郡植木町（現・直方市植木）の実母生家に移り、伯父の阿部基吉（俳号・王樹）・幸子夫妻のもとから通学。	
一九二四	大正一三	一六	初の戯曲「項門の会」をつくる。	

一九二六	大正一五 （昭和元）	一八	三月　福岡県立鞍手中学校卒業（第四回生）。 四月　國學院大学予科に入学。折口信夫（釈迢空）指導の予科生を対象とする短歌結社「鳥船」、折口主宰の「郷土研究会」に加わる。 秋頃、友人と回覧雑誌「あこめ」創刊（のちに「黒線」と改題）。	
一九二七	昭和　二	一九	進級とともに、文芸部に入会。久丸叟助の名でエッセイなどを機関誌「渋谷文学」に発表。	
一九二八	昭和　三	二〇	四月　國學院大学国文科進学。 一〇月　秋の運動会で火傷を負い入院。	
一九二九	昭和　四	二一	一月　戯曲「降りかけた幕」を「渋谷文学」に発表。 夏頃、卒業論文準備のかたわら、折口信夫の『国文学注釈叢書』の「索引」に取り組む。	
一九三〇	昭和　五	二二	一〇月　折口信夫の信州新野での村落調査に同行。	
一九三一	昭和　六	二三	三月　國學院大学国文科（第三九期）卒業。大学卒業直後から、井伏鱒二に師事。そこで小山祐士・檀一雄らと出会う。 一二月　佐々木千里により新宿に「ムーラン・ルージュ新宿座」（以下「M・R」）創立。	
一九三二	昭和　七	二四	二月　井伏鱒二の紹介により、M・Rの文芸部員となる。 三月「ガソリン・ガールと学生」でデビュー。以降、伊馬鵜平の名で作品を発表。 一〇月「リットン報告と人力車」を提出。上演詳細不明。	劇作▼「ガソリン・ガールと学生」、「当世重役商売」〈以上M・R〉

			この年、井伏宅で太宰治と出会い、親交を深める。	
一九三三	昭和　八	二五	夏頃、築地小劇場で「新喜劇の夕」を開催。 六月「ペロリ提督の胃の腑」を提出するも、上演禁止（M・R）。 九月　客の不入りで中断されていたM・Rの舞台が再開。「桐の木横町」が大当たりし、人気作家となる。	劇作▼「溝呂木一家十六人」、「月夜のパラソル」、「桐の木横町」、「猫と税金」、「ネオンの子たち」〈以上M・R〉ほか
一九三四	昭和　九	二六	東京中央放送局JOAK（現・NHK）のニュースドラマ「早朝配達」の脚本を担当。 六月「新喜劇同人会」を結成。同じ頃吉行エイスケ、井伏らと「ユーモア作家倶楽部」を結成。 九月　村山知義の主唱で結成された「新協劇団」文芸部に参加。 一二月　山岸外史、太宰治、檀一雄、小山祐士らとともに「青い花」創刊。	ラジオ▼ニュースドラマ「早朝配達」〈NHK〉 劇作▼「かげろふは春のけむりです」、「入り江の五月」、「或る銅像の食慾」、「ぼたん・ワイシヤツ・ちよつきの目」〈以上M・R〉、「閣下よ。静脈が……」〈美術座〉ほか 映画▼「只野凡児　人生勉強」「続只野凡児」（脚本・松崎啓次と共作）〈以上PCL映画（現・東宝）〉（以下「PCL」）
一九三五	昭和一〇	二七	七月　M・R退団。PCL映画（現・東宝）文芸部嘱託となる。「青い花」休刊、「日本浪曼派」に合流。 夏頃、「新喜劇の夕」開催メンバー島村龍三ら三三名とともに「新喜劇」を結成。 一一月　機関誌「新喜劇」創刊。	ラジオ▼ラジオレヴュー「ハイキング父子」、ラジオドラマ「太平洋の花嫁花婿」〈以上NHK〉 劇作▼「殿様おむづかり」、「ハイキング父子」、「烏と燕尾服」、「葉書少女」、「毛絲風俗」〈以上M・R〉ほか 映画▼「ラヂオの女王」（原作）、「サーカス五人組」・「人生初年兵」（脚本／永見柳二と共作）〈以上PCL〉
一九三六	昭和一一	二八	八月「新喜劇」旗揚げ公演に「地下街で拾った三万円」を執筆。	ラジオ▼立体漫談「お見合い道楽」（滝村和男と共作）、ラジオコメディ「母の夏祭り」〈以上NHK〉 劇作▼「塀の一生―女子哲学専門学校建設予定地」

				〈M・R〉、「地下街で拾った三万円」〈新喜劇座〉 映画▼「求婚三銃士」（脚本／阪田英一と共作）、「唄の世の中」（原作・脚本／穂積純太郎と共作）〈以上PCL〉 出版▼『現代ユーモア全集第一一巻　伊馬鵜平集　募金女学校・かげろふは春のけむりです』〈アトリヱ社〉、『新喜劇叢書Ⅱ　伊馬鵜平　桐の木横町』〈西東書林〉
一九三七	昭和一二	二九	ＪＯＡＫ文芸部嘱託となる。 四月　「鳥船」旅行に参加。仙石原仙郷楼、早雲上、上湯などを巡る。 六月　折口信夫の民俗調査に同行。信州・越中・能登を廻る（七泊八日）。 一一月　「鳥船」旅行に参加。小諸・小淵沢・下諏訪を廻る。同人誌「新喜劇」三周年記念行事として、日比谷公会堂で「新喜劇まつり」を開催。	映画▼「うそ倶楽部」（原作・脚本／岡田敬と共作）、「牛づれ超特急」（脚本／永見柳二と共作）、「雷親爺」（脚本／阪田英一と共作）〈以上ＰＣＬ〉
一九三八	昭和一三	三〇	一月　折口信夫の民俗調査、修善寺・湯ヶ島・今井浜のうち、修善寺まで同行。 五月　『新万葉集　巻五』〈改造社〉に高崎英雄の名で短歌一六首が入選、掲載される。 六月　折口信夫の民俗調査に同行。別所温泉、上諏訪などを廻る。	ラジオ▼ラジオバラエティ「武者人形博覧会」（穂積純太郎・斉藤豊吉・菊田一夫と共作）、ラジオドラマ「朝の合唱」、ラジオコメディ「朗かな祭日」〈以上ＮＨＫ〉 映画▼「花束の夢」（脚本／永見柳二と共作）、「ドレミハ大学生」（脚本／阪田英一と共作）〈以上ＰＣＬ〉 出版▼『義歯の行列』〈春陽堂書店〉
一九三九	昭和一四	三一	一月　ＪＯＡＫ（東京放送局）の嘱託となる。森道子と結婚。 六月　神谷町の仙石山アパートに転居。 九月　折口信夫の彼岸の墓参りに同行。	ラジオ▼文化演芸「漁村の夕　鯨」、物語「野戦郵便局」（原作・木村秋生）、放送劇「春風のハイキング」、ラジオ帯ドラマ「ほがらか日記」〈以上ＮＨＫ〉

			一二月　「鳥船」旅行に参加。宇奈月・下呂・弁天島・鷲津を廻る。 JOAKラジオ帯ドラマ・一〇分もの「ほがらか日記」を石黒敬七・乾信一郎・伊馬鵜平の三人で輪番担当（その後「建設日記」「軍国日記」に改題）。	劇作▼「非従軍作家」〈M・R〉 出版▼『新版ユーモア小説全集第一一巻　東洋平和嬢』（アトリヱ社）
一九四〇	昭和一五	三二	二月　折口信夫の民俗調査に同行し、三河坂部・田峯・豊橋・佐久米・久佐細江・浜松を廻る。 四月　折口信夫の万葉の旅に同行し、京都・奈良を廻る。井伏鱒二・太宰治らとともに上州四万温泉に旅行。NHKテレビ実験用として「夕餉前」執筆。本邦初のテレビドラマ放送となる。 七月　井伏鱒二・太宰治・小山祐士とともに、熱川温泉に旅行。 一〇月　「鳥船」旅行に参加。我孫子・成田などを廻る。 同人誌「新喜劇」廃刊。	テレビ▼「夕餉前」、「謡と代用品」〈以上NHK〉 出版▼『現代ユウモア小説の特質と現状』〈日本文章学会〉、『風刺ユーモア小説集　月夜のパラソル』〈代々木書房〉
一九四一	昭和一六	三三	二月　緑が丘へ転居。家賃が四五円だったことに由来して「歯語館」と命名。 三月　長女・梢子誕生（折口信夫命名）。 四月　折口信夫の万葉旅行に同行。大和・吉野・北近江などを廻る。 一二月　NHK嘱託制度解消。以降、産業戦士慰問劇などを手がける。	ラジオ▼童謡劇「メガネ狸」（原作・サトウハチロー）〈AKラジオ〉、ラジオコメディ「一日八善」、音楽物語「昆虫放送談」（原作・小山内龍）〈以上NHK〉
一九四二	昭和一七	三四	五月　折口信夫の講演に同行。飛鳥・吉野などを廻る。 七月　折口信夫に同行し、藤井春洋を一ノ宮に訪ねる。	ラジオ▼短編劇「空は晴れたり」、短編劇「秋の柿」〈以上NHK〉 劇作▼「大東亜築く力だこの一票」、「弾丸行進曲」〈以上文化座〉

			一〇月　次女・亘子誕生。	出版▼『ユーモア文庫　壱萬円食堂』〈東成社〉、『青空教室』〈金の星社〉
一九四三	昭和一八	三五	一月　「鳥船」旅行に参加。木曾福島・下呂などを廻る。 六月　「鳥船新集第一」（青磁社）発行。高崎英雄の名で「尾上の町」三〇首を出詠。 七月　「鳥船新集第二」（青磁社）発行。中村浩・藤井貞文・藤井春洋とともに、校合を担当。「旅人」三三出詠。 九月　折口信夫に同行し、再応召された藤井春洋を金沢歩兵連隊に訪ねる。	ラジオ▼短編劇「そよ風」、短編劇「甚七老人村をめぐる」・「甚七老人木馬に乗る」（原作・坪田譲治）〈以上ＮＨＫ〉
一九四四	昭和一九	三六	Ｍ・Ｒ、名称を「作文館」に改める。文芸部員の招集により、伊馬や菊田一夫などＯＢが協力。 一二月　「鳥船新集第三」（青磁社）発行。藤井貞文・藤井春洋が出征のため、折口信夫と伊馬で校合し追い書きを手がけた。「空中樹」三五出詠。	ラジオ▼劇「プロペラ一家」、放送劇「俵藤太物語」、劇「かぼちゃ進軍歌」〈以上ＮＨＫ〉ほか 劇作▼「かるかや軒の午後八時」、「夕刊酒場」、「寮母日記」〈以上Ｍ・Ｒ〉
一九四五	昭和二〇	三七	三月　東京大空襲。久留米第四九部隊に応召入隊。 八月　終戦。 一〇月　中国山東省坊子において現地除隊。居留民として青島に移住。	
一九四六	昭和二一	三八	一月　青島より佐世保に上陸。妻の実家である小倉で「泥だらけの神話」「巷に歌あれ」執筆。 三月　上京。折口の提案により、筆名を伊馬春部と改める。 四月　池田弥三郎・戸板康二・荒井憲太郎・霜川遠志らとともに、折口信夫指導の自作戯曲朗読会	ラジオ▼放送劇「農家へ送る夕　竜宮時計」〈以上ＮＨＫ〉 劇作▼「巷に歌あれ—キリ子の小切手」、「月夜のパラソル」〈以上劇団小議会〉 出版▼『ユーモア選書　れびゅう男爵座』〈翠明書院〉

			「例の会」を開く。 五月　戦後初のエッセイ「故郷」を文芸誌「筑豊文学」に寄稿。折口信夫に同行し羽咋を訪ねる。 九月　折口信夫の民俗調査に同行。佐渡などを廻る。 一一月　國學院大學大学祭において、折口書き下ろしの戯曲二編「芦川行幸」「川の殿」を郷土研究会で公演。「芦川行幸」の演出を担当。「劇団小議会」に参加。	
一九四七	昭和二二	三九	八月二三日　連続放送劇「向う三軒両隣り」放送開始。八住利雄・北条誠・山本嘉次郎（のちに北村寿夫）と輪番で脚本担当（～一九五三年四月）。 一〇月　ＮＨＫラジオ「日曜娯楽版」放送開始。これを機会に一九四九年春頃から池田弥三郎・戸板康二・小野英一らと「ぐれったんと・ぐるーぷ」を結成し、コントを提供。	ラジオ▼放送劇「日本メリーウイドウ倶楽部安念寺支部発会式準備委員会」、放送劇「巷に歌あれ―キリ子の小切手」、放送劇「春の枯葉」（原作・太宰治）、ラジオ実験室「ある自転車泥棒の話」、連続放送劇「向う三軒両隣り」〈以上ＮＨＫ〉ほか 出版▼『伊馬春部こんと集　あの頃この頃』〈金文堂〉
一九四八	昭和二三	四〇	六月　太宰治入水自殺。	ラジオ▼世界の名作「サイラス・マーナー」（原作・ジョージ・エリオット／訳・土井治）〈ＮＨＫ〉 映画▼「向う三軒両隣り」・「続向う三軒両隣り　スタコラ人生の巻」（原作・八住利雄・北条誠・北村寿夫と共作）〈以上新東宝〉
一九四九	昭和二四	四一	六月　主催者の一人として第一回桜桃忌を三鷹禅林寺にて開催。のち毎年出席。 七月　折口信夫の能登一ノ宮建碑に同行。七日除幕式。一二・一三日若狭地方芸能採訪。 一一月　折口信夫の九州旅行に同行。一六～二一日、別府・指宿・山鹿・小城。二三・二四日、木	ラジオ▼ラジオ小劇場「都会の幸福」、世界の名作「爐辺のこおろぎ」（原作・ディケンズ／訳・本多顕彰）、放送劇「膝小僧物語」〈以上ＮＨＫ〉 作詞▼童謡「どんぐりクラブの唄」 出版▼児童書『少女小説　純情劇場』〈偕成社〉

			屋瀬・植木・直方。二六日、折口信夫、九州帝国大学にて講演。二七～二九日、博多・太宰府・小倉を経て帰京。	
一九五〇	昭和二五	四二		ラジオ▼世界の名作「竹取物語」、ラジオ小劇場「ペストの王様」、世界の名作「青頭巾・夢應の鯉魚」（原作・上田秋成）、放送劇「不思議な一夜」、「年忘れ向う三軒両隣り」〈以上NHK〉ほか 映画▼「続向う三軒両隣り　第三話　どんぐり歌合戦」・「続向う三軒両隣り　第四話　恋の三毛猫」（原作・八住利雄・北条誠・北村寿夫と共作）〈以上新東宝〉 出版▼児童書『ミス委員長』〈偕成社〉
一九五一	昭和二六	四三	四月　日本演劇協会創立。理事に就任。初の校歌作詞、母校鞍手高等学校校歌。 七月　鞍手高等学校で講演。 一〇月　折口信夫に同行し、能登・鶴来を廻り、その宿泊中「屏風の女」の材を得る。 日本放送作家協会理事に就任。	ラジオ▼ラジオ小劇場「落ちてきた鞄」、放送劇「人間玩具」、世界の名作「ピノッキオ」（原作・コロッディ／訳・柏熊達生）、放送劇「金魚と嫉妬」、世界の名作「杜子春」（原作・芥川竜之介）〈以上NHK〉ほか 作詞▼「鞍手高等学校校歌」
一九五二	昭和二七	四四	一月　歌会始のお題をテーマにした正月用ラジオドラマ「お題によせて」放送開始（～一九八四年一月）。連続ラジオ小説「吾輩は猫である」（原作・夏目漱石）放送開始（～一月三〇日）。放送劇「屏風の女」が放送され、「聴覚だけの芸術でなければ表現できない夢多い作品」と高い評価を得る。 七月　日本ビクター株式会社と専属契約（～一九七二年七月）。	ラジオ▼連続ラジオ小説「吾輩は猫である」（原作・夏目漱石）、放送劇「屏風の女」、ラジオ小劇場「天の川」、放送劇「東京真珠ホテル」〈以上NHK〉「夜更けの音」〈新日本放送〉、「ある晴れた日に」〈KRラジオ〉ほか 劇作▼「銀座ロマンス」、「東京テレビイ娘」、「ビクターグランドショウ」〈以上日本ビクター株式会社〉 出版▼児童書『世界偉人伝全集四五　芭蕉』〈偕成

				社〉、『東京テレビイ娘』〈東成社〉 作詞▼「福岡県立筑豊高等学校校歌」
一九五三	昭和二八	四五	二月　NHKテレビ開局。テレビ本放送開始。 四月　「たぬき島たぬき村」放送開始（～一九五四年四月四日）。 九月　折口信夫死去（六八歳）。	ラジオ▼放送劇「旅びと」、放送劇「向う三軒両隣り特集　お名残花祭り」、放送劇「この花を見よ」、放送劇「ふるさと」、連続放送劇「たぬき島たぬき村」〈以上NHK〉ほか テレビ▼テレビバラエティ「猫と税金」〈NHK〉 作詞▼「鞍手郡宮田町立宮田東中学校校歌」、「直方市立植木小学校校歌」、童謡「さくらとママちゃん」 出版▼児童書『少年少女ユーモア文庫　あんパン小僧』、『少年少女ユーモア文庫　コケコッコ百貨店』〈以上宝文館〉
一九五四	昭和二九	四六	四月　ラジオ帯ドラマ「本日は晴天なり」放送開始（～一一月五日）。 八月　旧制鞍手中学校第四回生同窓会「四鞍会」結成。会名は伊馬発案。 九月　能登一ノ宮での折口信夫第一回年祭に出席参列。以後、毎年参列。 一一月　「美しき波」で芸術祭ラジオ部門に参加。 一二月　「四鞍会誌」創刊。	ラジオ▼ラジオ帯ドラマ「本日は晴天なり」、放送劇「乗合自動車」（原作・井伏鱒二）、ラジオ劇場「かちかち山」（原作・太宰治）、ラジオコメディ「峠の天才」〈以上NHK〉、「民謡ドラマ　大映アワー9　おてもやん人形」〈ラジオ東京〉、ほか テレビ▼「みんなの新天地　月夜のパラソル」、「聖夜の街角」〈以上NHK〉 作詞▼童謡「サーカスの人気もの」、童謡「夢のかもめ」 出版▼『現代ユーモア文学全集八　伊馬春部集　桐の木横町』〈駿河台書房〉、『伊馬春部ラジオ・ドラマ選集』〈宝文館〉、『本日は晴天なり（第一・二部）』〈光の友社〉、児童書『たぬき島たぬき村』〈宝文館〉

一九五五	昭和三〇	四七	三月　國學院大学評議員に就任。叔父・面白斎利久逝去（六九歳）。 七月　民間放送としては初の試みとなる二元放送ラジオドラマ「現代劇場　二つのカット・グラス」を手がける。 ラジオ帯ドラマ「尾平外科」放送開始とともに「報知新聞」にも「尾平外科」連載始まる。 一一月　ＮＨＫ初の長時間ドラマ「安政奇聞　まらそん侍」放送。 この頃から放送番組向上委員会委員を務める。	ラジオ▼放送劇「まぼろし」、ラジオコメディ「大学駅弁の説」、ラジオ帯ドラマ「尾平外科」、長時間ラジオドラマ「ワイドドラマ　安政奇聞　まらそん侍」〈以上ＮＨＫ〉、現代劇場「二つのカットグラス」〈文化放送・ラジオ九州〉ほか 映画▼「皇太子の花嫁」（原案・河原敏明と共作）〈新東宝〉 作詞▼「鞍手郡宮田町立宮田東小学校校歌」 出版▼『本日は晴天なり（第三部）』〈光の友社〉、『ラジオドラマ新書一七　天の川』〈宝文社〉、『ラジオドラマ新書二六　まぼろし』〈宝文館〉、児童書『世界名作文庫一一九　更科日記』〈偕成社〉
一九五六	昭和三一	四八	三月　日本放送協会第七回放送文化賞受賞。「旅びと」など民謡を発掘し、ラジオドラマの素材として紹介したことが「放送劇に新分野を開拓し、優れた作品により演劇放送の充実に寄与」と評価された。 七月　國學院大學第三九期生同窓会「抄六会」発足。会名は伊馬発案。 一〇月「連続ラジオ・プレイ　コンニチワ」（文化放送）放送開始（～一九五六年一月三〇日）。	ラジオ▼放送劇「やまびこ―宇目の唄げんか」、ＮＨＫ小倉放送開局二五周年記念放送劇「冬の虹」、「ニビシ小僧のヘリコプ旅行」〈以上ＮＨＫ〉、「連続ラジオ・プレイ　コンニチワ」〈文化放送〉ほか テレビ▼「春の天使」〈ＮＨＫ〉 映画▼「まらそん侍」〈大映〉 作詞▼「山寺の小僧さん」 出版▼『まらそん侍』〈鱗書房〉、児童書『世界の名作一七　一休さん』〈筑摩書房〉
一九五七	昭和三二	四九	一月　鵜飼毅（画家）、矢野宣（俳優座）らとともに「東京川筋会」結成。のちに、火野葦平・石丸寛・高倉健・栗原一登らも加わる。常任幹事・広中雅幸・小堺昭三・上野登志郎。ＮＨＫテレビドラマ「駅まで６分」放送開始、全二五回（～六月三〇日）。	ラジオ▼名作劇場「ドンキホーテ」（原作・セルバンデス／訳・永田寛定）、名作劇場「浦島さん」（原作・太宰治）、放送劇「わてはアイの子」、名作劇場「北極の記録」（原作・ピリニャーク／訳・米川正夫）〈以上ＮＨＫ〉 テレビ▼「駅まで６分」、「屏風の女」〈以上ＮＨＫ〉、

			五月　ＮＨＫ小倉放送局（現・北九州放送局）テレビ放送開始。八幡放送所開局。 六月　小倉放送局開局記念放送「私の秘密」にゲスト出演。	「明治スヰートアワー　明日は日曜日　愛のカルテ」（原作・源氏鶏太）〈ＮＴＶ〉 作詞▼「栃木県日光市立日光東中学校校歌」 出版▼『咲いたらあなたに』〈東方社〉
一九五八	昭和三三	五〇	四月　「九州夜ばなし　だつけん先生旅日記」放送開始（～六月三日）。 五月　三女・香春子誕生。 連続ラジオドラマ「太郎行くところ」の脚本を飯沢匡・八木隆一郎・水木洋子輪番で担当。第二回を手がける。	ラジオ▼放送劇「小鳥たちの新年」、ラジオ劇場「昔に今にの物語」、「太郎行くところ」〈以上ＮＨＫ〉ほか テレビ▼「明治スヰートアワー　明日は日曜日　秋晴れ夫人」〈ＮＴＶ〉 作詞▼「福岡県立折尾高等学校校歌」 出版▼『少年少女日本名作物語全集二〇　東海道中膝栗毛』〈大日本雄弁会講談社〉
一九五九	昭和三四	五一	三月　小説「大波小波」を「若人の友」に連載開始。 四月　國學院大學参与に就任。「わが輩はほらふきではない」（原作・ヒュルガー）放送開始（～六月二七日。） 九月　日本放送作家協会結成に参加。創立当初の会員三六四名。	ラジオ▼ラジオ劇場「踊子」（原作・永井荷風）、ラジオドラマ「現代日本文学特集本日休診」（原作・井伏鱒二）、ラジオ劇場「海猫との対話」、年末特集「喜劇三題　ネオンの子たち」〈以上ＮＨＫ〉ほか テレビ▼「ここに人あり（第八三回）　ペンギンは歌う」〈ＮＨＫ〉、「入学試験」（原作・土岐雄三）、「妻の日記　金魚」（原作・土岐雄三）〈ＮＥＴ〉
一九六〇	昭和三五	五二	二月　伯父・阿部王樹『水門の芥』出版。序に「水門楼讃歌」を寄せる。 四月　連続ラジオ小説「夫婦天気図」（原作・源氏鶏太）放送開始（～一九六一年四月一日）。 六月　故郷・木屋瀬の宿場と宿場踊りをモチーフとした作品「阿蘭陀かんざし」放送〈ＲＫＢ〉。	ラジオ▼連続ラジオ小説「夫婦天気図」（原作・源氏鶏太）、芸術劇場「蜜のあはれ」（原作・室生犀星）、芸術劇場「死者の書」（原作・釈迢空）〈以上ＮＨＫ〉 テレビ▼「阿蘭陀かんざし」〈ＲＫＢ〉 作詞▼「神崎製紙社歌」、「ダンチの歌」・「ベンザの歌」（武田薬品工業株式会社）

一九六一	昭和三六	五三	二月　人形劇「ロボッタン」放送開始（〜一二月二五日）。 一一月　伊馬春部作詞校歌発表会開催（主催・福岡県立折尾高等学校。参加校＝小学校＝宮田東・植木＝中学校＝宮田東・香月・木屋瀬＝高等学校＝鞍手・筑豊・折尾）。ＮＨＫステレオラジオドラマ「国の東」立体放送によって、文化庁芸術祭奨励賞受賞。	ラジオ▼芸術劇場「水源地帯」、放送劇「蛍の宿」、ワイドドラマ放送劇「オヤケ・アカハチ」（原作・伊波南哲）、芸術祭参加番組立体放送劇「国の東」〈以上ＮＨＫ〉 テレビ▼人形劇「ロボッタン」〈ＥＸ〉、「おかあさん２（第一四二回）クラス会以後」〈ＴＢＳ〉 作詞▼「八幡市立香月中学校校歌」、「八幡市立木屋瀬中学校校歌」
一九六二	昭和三七	五四		ラジオ▼放送劇「ダムの底に眠りありや」、芸術劇場「谷を渡るコントラバス―コキリコ節」〈以上ＮＨＫ〉 作詞▼「横浜市立寺尾小学校校歌」、「学校法人橘蔭学園柳川商業高等学校校歌」
一九六三	昭和三八	五五	一月　「屏風の女」が西ドイツ（当時）の放送局から放送される。この翌年、ホフマン＆カンプ社発行の『日本ラジオドラマ七選』に収録される。 二月　連続ラジオ小説「ドライ・ママ」（原作・戸塚文子）放送開始（〜三月三〇日）。 五月　義母・秀代逝去（七二歳）。 九月一八日　「西日本新聞」夕刊に随筆「鹿おどし」連載開始、全五七回（〜一一月九日）。	ラジオ▼連続ラジオ小説「ドライ・ママ」、放送劇「集金さん日記」、芸術劇場「熊」〈以上ＮＨＫ〉 作詞▼「鞍手郡宮田町立宮田西中学校校歌」
一九六四	昭和三九	五六	一一月　歌人・斎藤茂吉をとりあげた「遠き山・遠きひと」で昭和三九年度芸術祭ラジオ部門（ドラマ）に参加。	ラジオ▼ステレオ特集「立体詩劇交声曲　放送記念日特集　日本誕生」、芸術祭参加ラジオドラマ「遠き山・遠きひと」、「鉄砲前夜祭」〈以上ＮＨＫ〉、「今日の空」〈文化放送〉、「穂打ち乙女」〈ニッポン放送〉 作詞▼「鞍手郡小竹町立小竹北小学校校歌」「志摩

				町立桃取中学校校歌」
一九六五	昭和四〇	五七	一月　第六回毎日芸術賞受賞、「鉄砲祭前夜」「穂打ち乙女」などの作品による。ラジオ「流れる雲」放送開始（〜一月三〇日）。 二月　赤坂・ホテルニュージャパンにて毎日芸術賞受賞祝賀会開催。 一一月　立体放送劇「明日香のしらべ」で昭和四〇年度芸術祭ラジオ部門（ドラマ）に参加。	ラジオ▼放送劇「おやじを語る」、芸術劇場「能登まんだら」、放送記念祭特集「思い出のラジオドラマ」、芸術祭参加番組ステレオ特集「立体放送劇　明日香のしらべ」〈以上NHK〉 テレビ▼「おかあさん2　百日紅の館」〈TBS〉 作詞▼「北海道立登別高等学校校歌」、「鉄砲音頭」
一九六六	昭和四一	五八	一〇月　天草五橋に向かう途中、国道二〇〇号線冷水峠手前で自動車事故に遭い、第十二胸椎骨折。直方市山崎外科に入院。 十二月　退院。	ラジオ▼放送劇「野に叫ぶ」、放送劇「鼠小僧次郎吉」（原作・芥川竜之介）〈以上NHK〉 テレビ▼「おかあさん2　糸と糸巻きの秘密」〈TBS〉 劇作▼「虹の断片—最上川の茂吉」〈NHK東京放送劇団〉 作詞▼「北檜山町民の歌」「学校法人八幡筑紫女学園成美高等学校校歌」、「三和薬品社歌」
一九六七	昭和四二	五九		ラジオ▼放送劇「風車小屋の人々」〈NHK〉 劇作▼「櫻桃の記　もう一人の太宰治」〈新演劇人クラブ・マールイ〉 作詞▼「日若音頭」、「福岡県立鞍手高等学校・創立五〇周年記念讃歌」 出版▼『桜桃の記』〈筑摩書房〉
一九六八	昭和四三	六〇	三月　木屋瀬の生家を改盛町（現・木屋瀬）へ寄贈。 六月　銀座松坂屋にて開催の「没後二十年　太宰治展」で井伏鱒二らとともに企画指導委員を務める。	ラジオ▼特集番組「明治文学特集　五重塔」（原作・幸田露伴）、芸術劇場「吉野秀雄の作品より　熊蟬の声」、文芸劇場「朽助のゐる谷間」（原作・井伏鱒二）〈以上NHK〉

一九六九	昭和四四	六一	七月　「木槿連」を発起。斎藤茂太・栗原一登・大木靖らが参加。 「明治百年記念　新都心・大新宿まつり前夜祭　懐かしのムーランルージュ　新宿の百年」の企画に「ムーランルージュ世話人会」の一員として参加。 社団法人日本放送作家協会第五代理事長に就任。	作詞▼「九州造形短期大学校歌」
				ラジオ▼文芸劇場「厭がらせの年齢」（原作・丹羽文雄）、文芸劇場「一ツ目達磨」（原作・山岡荘八）〈以上NHK〉、「阪神ABC劇場　思い出の太宰治―作者に宛てた書簡より―」〈朝日放送〉、 劇作▼「歌劇　まぼろし五橋―錦帯橋物語」〈二期会〉 作詞▼「羽咋市立羽咋小学校校歌」、「群馬県立武尊高等学校校歌」
一九七〇	昭和四五	六二	九月　内閣総理大臣主催「第八回芸術文化関係者との懇親会」に出席。 一一月　昭和四五年度名古屋市民芸術祭に放送劇「私は花時計」〈中部日本放送制作〉で参加。	ラジオ▼ラジオ特集「青い目の旅行客」〈文化放送〉、文芸劇場「海外推理ドラマ　赤髪組合」（原作・コナン・ドイル／訳・延原謙）〈NHK〉、放送劇「私は花時計」〈中部日本放送〉
				作詞▼「学校法人直方学園直方学園高等学校校歌」（現・直方東高等学校）
一九七一	昭和四六	六三		作詞▼「羽咋市立一ノ宮小学校校歌」
一九七二	昭和四七	六四	六月　「四鞍会」東京大会に出席。 一二月　整形外科に入院。	ラジオ▼文芸劇場「欅の木」（原作・井上靖）〈NHK〉
一九七三	昭和四八	六五	三月　木屋瀬小学校に「母校懐旧」を寄せる。 一一月　紫綬褒章受賞「連続放送劇のジャンルを開拓し、放送劇という形式を通じて地方文化を発	ラジオ▼ラジオ特集「那須のまぼろし　わたしの『奥の細道』」〈文化放送〉 テレビ▼東芝日曜劇場第八四六回「かげろふは春の

			掘紹介し、放送劇作品の海外紹介に努力を続けている」として。昭和四八年度芸術祭ラジオ部門ラジオドラマ審査委員を務める。	けむりです」〈RKB〉
一九七四	昭和四九	六六	一月 「現代林業」（全協林）に「山村散話」連載開始（同年一月号～一二月号）。 五月 伯父・阿部王樹逝去（八七歳）。	ラジオ▼ラジオ特集「ぼくの古里『こきりこ』の里」〈文化放送〉 作詞▼「木屋瀬音頭」
一九七五	昭和五〇	六七	赤坂プリンスホテルにて『土手の見物人』出版記念開催。	出版▼『土手の見物人』〈毎日新聞社〉
一九七六	昭和五一	六八	一月 宮中歌会始の召人を務める。お題「坂」「ふりかへりふりかへり見る坂のうへ吾子はしきりに手をふりてをり 英雄」 六月 「四鞍会」北九州大会に参加。	ラジオ▼「霜ばしら―お題〈坂〉によせて―」〈文化放送〉 作詞▼「北九州市立八児中学校校歌」「福岡県立折尾高等学校・北陵逍遥歌」 出版▼伊馬春部・小谷恒訳編『現代語訳 東海道中膝栗毛』〈桜風社〉
一九七七	昭和五二	六九	三月 太宰府天満宮・第一五回曲水の宴において詠進歌の撰者を務める。 七月 劇団フジ試演会にて「猫と税金」「かげろふは春のけむりです」上演。	ラジオ▼「今はまぼろし五平太舟―お題〈海〉によせて―」〈文化放送〉
一九七八	昭和五三	七〇		ラジオ▼「雪さびし―お題〈母〉によせて―」、自由放送局「阿佐子のメロディ（メロディよ、還れ）」〈以上文化放送〉 劇作▼「少年一休ほのぼの絵巻」〈劇団フジ〉 作詞▼「中間市市歌」
一九七九	昭和五四	七一	八月 「四鞍会」により鞍手高等学校前庭に「校歌の碑」建立。 一〇月 都立荏原病院入院、開腹手術（胃癌）。 一一月 勲四等旭日小綬章受賞。	ラジオ▼「こちら自由放送局 森へつづく径―お題〈丘〉によせて―」〈文化放送〉 作詞▼「國學院大學久我山高等学校・創立三五周年記念久我山讃歌」

一九八〇	昭和五五	七二	七月　退院	ラジオ▼「遠きひとりと君もなりなん《母の日記》—お題〈桜〉によせて—」〈文化放送〉
一九八一	昭和五六	七三	國學院大學マスコミ院友会（会員三〇〇〇人）が組織され、顧問に就任。	ラジオ▼「山峡の空—お題〈音〉によせて—」〈文化放送〉 作詞▼「横浜市立日限山中学校校歌」 出版▼『櫻桃の記』〈文庫版・中央公論社〉
一九八二	昭和五七	七四	三月　ＮＨＫテレビ放送記念日「ＴＶドラマ事始め」にゲスト出演。 六月　四鞍会に最終出席。 九月　能登一ノ宮における師・折口信夫二九年祭に最終参列。 一〇月　東京鞍陵会総会に最終出席。	ラジオ▼「一の沢御神明様—お題〈橋〉によせて—」〈文化放送〉 作詞▼「九州整備社歌」「九整手拍子」
一九八三	昭和五八	七五		ラジオ▼「人ひとり空ひとつ—お題〈島〉によせて—」〈文化放送〉
一九八四	昭和五九		三月一七日　都立広尾病院において午前九時一二分死去（腎盂尿管腫瘍）。享年七七。戒名「汝更院釈春英」	ラジオ▼「しあわせの缶詰—お題〈緑〉によせて—」〈文化放送〉

■引用・参考文献

引用文献・伊馬春部執筆

『櫻桃の記』筑摩書房、昭和四十二年
『まぼろし』沖積社、昭和三十年
『土手の見物人』毎日新聞社、昭和五十年
「町うぐひす　廿九年祭すぎてのこと」(「短歌」昭和五十七年十月号、角川書店)
「映画ファンの校長先生」(『四鞍会誌』八号、福岡県立鞍手中学校第四回卒業生、昭和五十九年)
「ムーラン・ルージュ小史」(「新宿百選」別冊ムーランルージュ特集号、新宿百選会、昭和三十九年)
「更けゆく秋の夜」(劇団フジ第四十一回秋季特別公演パンフレットより)
「『鳥船』その軌跡」(「短歌」昭和四十八年十一月臨時増刊号、角川書店)
「思い出の太宰治」(「じゅぬ、ふぃーゆ」創刊二号、相模女子大、昭和四十八年)
「読書日記」(「むらさき」第七巻三号、むらさき出版社、昭和十五年)
「この道たゞ一すじに　あゝドラマ——この劇しきもの」(「剣道」正高社、昭和五十四年二月号)
「渋谷界隈」(「渋谷文学」二十巻、國學院大学文芸部、昭和十二年)
「故郷」(「筑豊文学」第二号、筑豊文学者、昭和二十一年)
「私にとっての『日本浪漫派』」(「別冊　復刻版日本浪曼派」雄松堂書店、昭和四十六年)
「忘れ得ぬ恩師たち」(『鞍手高校創立40周年記念誌』、昭和四十二年)
「御坂峠以前」(「文藝」改造社、昭和二十八年十二号)
「てれくさばなし」(「テレビドラマ」現代芸術協会、昭和三十七年九月号)
「想い出の召人」(「観世」昭和五十四年一月号)
「この道」(「東京新聞」平成十五—十七年まで連載)

「鹿おどし」（「西日本新聞」昭和三十八年九月―十一月まで五十七回連載）

「『俳優』というもの」（劇団フジ第四十三回夏期公演パンフレットより）

「十代の顔」、「校歌の周辺」共に遺族のもとに残された執筆原稿より

引用文献・その他

岡野弘彦『折口信夫の晩年』中公文庫、昭和五十二年

池田弥三郎・加藤守雄・岡野弘彦編『折口信夫回想』中央公論社、昭和四十三年

『定本柳田國男集』第十巻「月報」筑摩書房、昭和四十四年

藤井春洋『鵠が音』角川書店、昭和二十七年

折口信夫「水中の友」（折口博士記念古代研究所編『折口信夫全集』第二十三巻「作品三―詩」中公文庫、昭和五十年）

折口信夫「水中の友」（右同書、第二十七巻「評論篇一」中公文庫、昭和五十一年）

折口信夫「國大音頭のこと」（折口博士記念古代研究所編『折口信夫全集』第三十巻「雑纂篇」中公文庫、昭和五十一年）

金田一京助「面影を偲ぶ―折口信夫」（「短歌」昭和四十八年十一月臨時増刊号、角川書店）

鈴木金太郎「面影を偲ぶ―折口信夫」（右同書）

池田弥三郎「面影を偲ぶ―折口信夫」（右同書）

『近代作家追悼文集成』三十五巻、ゆまに書房、平成九年

「鳥船」第七集、鳥船社、昭和十二年四月二十日

「鳥船第二選集」青磁社、昭和十二年二月

「國學院大學父兄会会報」國學院大學父兄会、昭和五十六年二月十日

「サライ」平成二十年一号、小学館

横倉辰次『わが心のムーランルージユ』三一書房、昭和五十三年

戸板康二『あの人この人　昭和人物誌』文芸春秋、平成五年

山本要朗編『酒呑みに捧げる本』実業之日本社、昭和五十五年
高倉健『あなたに褒められたくて』集英社、平成三年
森繁久弥『さすらいの唄』日本経済新聞、昭和五十六年
望月優子『生きて愛して演技して』平凡社、昭和五十五年
日本放送協会編『20世紀放送史』〈上・下〉日本放送協会、平成十三年
日本放送協会編『放送の五十年　昭和とともに』日本放送出版協会、昭和五十二年
上野一雄「日本文士列伝」（「彩光」彩光社、昭和五十七年一月）
山川静夫『名手名言』中央法規出版、平成元年
田村泰次郎「瞼のなかの赤い風車」（「新宿百選」別冊ムーランルージュ特集号、新宿百選会、昭和三十九年）
戸板康二「戦中戦後」（右同書）
阿木翁助「伊馬春部という人」（劇団フジ第三十九回夏期公演パンフレットより）
「新宿歴史博物館　常設展示図録」平成十四年
「STEPIN新宿」編集室「STEPIN新宿」新都心新宿PR委員会、昭和五十一年
小山清編『太宰治の手紙』木馬社、昭和二十七年
山岸外史『人間太宰治』筑摩書房、昭和三十七年
太宰治『東京八景』角川書店、昭和三十年
太宰治「もの思う葦」（『井伏鱒二全集　後記』新潮文庫、昭和五十六年）
太宰治「玩具」（『太宰治全集』第一巻、ちくま文庫、昭和四十二年）
太宰治「酒の追憶」（『太宰治全集九』ちくま文庫、昭和四十二年）
井伏鱒二『荻窪風土記』新潮社、昭和五十七年
井伏鱒二『文士の風貌』福武書店、平成三年
『日本文学全集41　井伏鱒二集』集英社、昭和四十五年
青柳いづみこ・川本三郎『「阿佐ヶ谷会」文学アルバム』幻戯書房、平成十九年
阿部王樹『水門の芥』九州薬事新報叢書、昭和三

十五年
舌間信夫『直方人物誌』自分史図書館、平成十八年
舌間信夫『直方文芸史』自分史図書館、平成十七年
松藤利基『鞍陵讃歌　鞍中鞍高物語』西日本新聞社、平成三年
『筑前木屋瀬宿』木屋瀬公民館郷土資料保存会、平成二年
宗祇法師『筑紫道記』博文館、明治三十四年
松永伍一『日本の子守唄』紀伊国屋書店、昭和三十九年
筒井亀右衛門「寛政九年十二月　御国中櫨実蝋御仕組記録」
文化座「三好十郎追悼特集　冒した者」公演パンフレット、昭和三十四年
「サンデー毎日」昭和二十三年十二月十日
「アサヒグラフ」昭和二十三年七月十四日号、朝日新聞社

参考文献

伊馬春部『本日は晴天なり』光の友社、昭和二十九年
『伊馬春部ラジオドラマ選集』宝文館、昭和二十九年
『現代ユーモア文学全集八　伊馬春部集』駿河台書房、昭和二十九年
「止里夫哭」第三選集、鳥船社、昭和三年五月
「鳥船」第九集、鳥船社、昭和十四年六月
「鳥船第三選集」青磁社、昭和十三年五月
「文芸読本　折口信夫」河出書房新社、昭和五十一年
「國學院大學学報」昭和四十八年九月十日
「新年院友互礼号」昭和五十一年一月
向井爽也『にっぽん民衆演劇』日本放送出版協会、昭和五十二年
原健太郎『東京喜劇〈アチャラカ〉の歴史』NTT出版、平成六年
「新宿百選」新宿百選会、昭和四十一年六月一日号

「別冊文芸春秋」第九二号、文芸春秋新社、昭和四十年
「藝能」昭和四十七年六月号、藝能発行社
「週刊ポスト」講談社、昭和五十年七月四日
井伏鱒二『山椒魚』新潮文庫、平成十八年
太宰治『走れメロス』角川文庫、平成十九年
太宰治『お伽草紙』角川文庫、平成十年
「太陽　太宰治と津軽」、平凡社、昭和四十六年九月号
日本放送作家協会編「現代日本ラジオドラマ集成」沖積社、平成元年
石田利久『博多なぞなぞ』西日本新聞社、昭和五十四年
阿部峯子『伊勢詣日記』翻刻・解題前田淑、平成九年
香月靖晴『遠賀川流域の文化誌』海鳥ブックス6、平成二年
赤坂憲雄『子守唄の誕生』講談社、平成十八年
『石川県大百科事典』北国新聞社、平成五年
「短歌」昭和五十七年十月号、角川書店
「俳誌　小同人」昭和二十三年七月
「週刊朝日」昭和三十九年七月十日号
「東京人」都市出版、平成九年三月
「サンデー毎日」昭和四十一年六月十二日

あとがき

木屋瀬出身の劇作家・伊馬春部を追いかけて一年、近づけば近づくほど見えなくなるもどかしさに、諦めかけたときもありました。何しろ手がかりといえば戦後のラジオドラマ「向う三軒両隣り」を書いた人、というだけで走り出したのですから無謀というほかありません。しかも知っていくとその活動の場は広範囲にわたり、すべてを把握することは大変困難な、呆然とするような道のりでした。しかしそれだけに分野の違う方々にお会いでき、たくさんのことを学びました。といっても伊馬春部像が見えてきたわけではなく、「ご対面の瞬間」にはもっと時間が必要かもしれません。それを充分承知した上で、なぜあえてこの生誕百年のときを出版の年に選んだのかといえば、いま記録を整理しておかなければ、伊馬春部にもっと近づき難くなる危機感があったからです。この本が礎となって、さらに貴重な資料や証言が提供されるのではないか、と期待しているのです。それは今後の研究者にお任せしたいと思います。

取材にあたり、ご遺族をはじめ、多くの方々の記憶とお知恵、そしてたくさんの資料をお借りいたしました。私の未熟さゆえに、正確に理解できていないこともあるやもしれません。何卒ご寛容なお心をもってお許しくださいますようお願い申し上げます。願わくばお読みいただいた方々が、「伊馬春部ってこんな活躍をした人だったのか」と少しでも興味をもって、昭和という時代を一緒に振り返ってくださるならば、この上ない幸せに存じます。

末尾になりましたがこの本を執筆するにあたり、お世話になりました方々に深く御礼を申し上げます。この場をお借りいたしましてお名前を記載させていただき、皆さまに出会えた幸せをいつまでもかみしめたいと思っております。

阿部東吉（春鳥）・阿部為吉・伊佐元子・一色月子・今村陽子・受川格・梅本静一・太田幸代・大林丈史・岡野弘彦・小川直之・沖野瞭・小田次男・小田晏雄・小野才八郎・香西久・香月和世・香月則光・工藤こずゑ・小林俊雄・酒井梢子・舌間信夫・下村悦生・杉浦俊治・高﨑匣子・高﨑好子・高橋美佐子・田村武之・轟良子・中村小萩・中村正史・中村保子・西村宣倫・萩原茂・船越健之輔・益井邦夫・三﨑千恵子・矢野宣・山

野実・吉田俊男・米津千之・鷲津名都江・各校歌関係学校の関係者、北九州市立文学館、ほか多くの皆様。（敬称略、五十音順）

末尾になりましたが、出版にあたり、海鳥社の西俊明社長・編集の柏村美央様にご無理を申しまして、お詫びと感謝の気持ちでいっぱいです。ありがとうございました。

二〇〇八年九月一日

栈　比呂子

栈　比呂子（かけはし・ひろこ）北九州市生まれ。八幡製鉄所を経て，カネミ油症事件をきっかけにノンフィクションを書きはじめる。劇作家。本名・佐々木博子。主な著書に『化石の街（カネミ油症事件）』，『男たちの遺書（山野炭鉱ガス爆破事件）』，『沈黙の鉄路（ローカル線を行くⅠ）』，『枕木の詩（国鉄ローカル線を行くⅡ）』（全て労働経済社），『終着駅のないレール（廃止ローカル線はいま）』（創隆社），『メダリスト（水の女王田中聡子の半生）』（毎日新聞社），『うしろ姿のしぐれてゆくか（山頭火と近木圭之介）』『求菩提山　私の修験ロード』（共に海鳥社）など

やさしい昭和《しょうわ》の時間《じかん》
劇作家《げきさっか》・伊馬春部《いまはるべ》

■

2008年10月1日　第１刷発行

■

著者　栈　比呂子
発行者　西　俊明
発行所　有限会社海鳥社
〒810-0074　福岡市中央区大手門３丁目６番13号
電話092(771)0132　FAX092(771)2546
印刷・製本　有限会社九州コンピュータ印刷
ISBN 978-4-87415-698-8
http://www.kaichosha-f.co.jp
［定価は表紙カバーに表示］
JASRAC　出0812161-801

海鳥社の本

求菩提山　私の修験ロード　　栈 比呂子

鬼と天狗，そして山伏が棲む霊峰・求菩提山。「求菩提百窟」や谷，峰をめぐることで見えてくる，壮大な修験の世界とは。修験道の入門書を兼ねた，はじめての求菩提山ガイドブック。　A５判／170頁／1700円

うしろ姿のしぐれてゆくか　山頭火と近木圭之介　　栈 比呂子

酒と句作と放浪に生きた山頭火。「山頭火のうしろ姿」を撮影し，山頭火と最も親しかった近木圭之介（藜々火）が，その実像と魅力を語る。

46判／240頁／1700円

山頭火を読む　　前山光則

酒と行乞と句作……種田山頭火の句の磁力を内在的に辿り，放浪の普遍的な意味を抽出，俳句的表現と放浪との有機的な結びつきを論じる。

〈海鳥ブックス新装改訂版〉　46判／288頁／2000円

戦中文学青春譜　「こをろ」の文学者たち　　多田茂治

多くの文人・詩人を輩出した同人誌「こをろ」。昭和14年から19年の散華の時代に，厳しい思想統制と検閲制度で言論表現の自由を奪われながらも，懸命に生きた若き文学者の青春群像を描く。46判／274頁／1700円

書評のおしごと　　橋爪大三郎

1983年から2003年までに発表された200点の書評・ブックガイド・解説・論文を収めた書評集成。この20年，橋爪大三郎はどんな本を読み，何と格闘してきたのか。　A５判／400頁／2500円

＊価格は税別